初戀，未完待續

單戀，是世界上最心酸的小事，
我卻心甘情願迷失。

溫暖38度C——著

「嘿！妳叫游允安對吧？」

升上高中的第一次通車回家，因為不熟悉路線，加上一場驟降大雨，慌忙中拎著這學期教科書，跳上一輛像是會開往我家方向的校車。一上車，車上沒座位不說，十五分鐘過後，才發現車在一條陌生的路線中行進著，這才猛然驚覺我搭錯了路線。唯一想到的是趕快下車，再打電話給家人。我太急著趕去前頭請司機停車，下場卻是沒注意腳下一把露出半截的雨傘，腳一絆，我就這麼抱著教科書一起往前摔去。天生就不是標準體重，在超標十公斤的重力加速度下，紮紮實實「碰」的一聲巨響，我連痛都不敢喊，因為那樣會顯得我矯情柔弱。

原本吵雜的車上，因為我造成的震撼與波動，好一會兒都沒有人敢說話。然而疼痛感早就被丟臉的心情給覆蓋，我趕緊爬起來收拾散落一地的教科書，而車上同學察覺無人傷亡後，校車瞬間又恢復了吵雜。認清了自己不足以讓人產生想關懷及想保護的同理心，這時突然前方出現一雙修長乾淨的手指幫忙我撿拾。看不清對方長相，只能從手的大小研判是個男生。實在是太尷尬，我趕緊調回視線，假裝不知道有這件事。男孩從椅背上探出頭，眼鏡下是一張白皙乾淨帶著困惑的臉，他站起來走到我面前，我當時只覺得男孩背後彷彿產生了聖光，是耶穌的光輝，我眼中的天使。

他恭敬地把書本交到我手上，「嘿！妳叫游允安對吧？」這是他第一次開口跟我說話，「我是柳承翰，不知道妳有沒有印象，今天開始我們是同班同學。」

看似稀鬆平常的一句問話，我卻因為他能叫出我的名字而莫名感動。我當然知道他叫柳承翰，因為早在他上台自我介紹時，我就對他爽朗的個性及陽光般的笑靨，留下了深刻的印象。只是，他能記住我的名字讓我感到好意外，畢竟自我介紹時，我太害羞了，講得好小聲。

半刻，我才擠出「嗯」這個字，我也不知道我在彆扭什麼，大概是他放著舒服的座位不坐，刻意站著陪我說話，如此貼心又貼近的舉動，使我有些不知所措。

「妳還好吧？」

我猜他是指我剛剛醜態百出的一跤，「還……還好……」我喃喃地說。

但我臉上不斷冒出的汗提醒著我不好。或許是體型關係，讓我的汗腺天生就比別人發達，雖然校車上開著冷氣，可是除了在炎熱環境下，只要我感到緊張或害羞，我的汗就會不斷地冒出，我預測如果他再這樣一直盯著我看，再一直靠我這麼近的話，我大概會因為脫水而中暑暈過去。

「下次小心點喔！不要再摔跤了。」他好心提醒著。

「嗯，謝謝……」這時候汗水在我臉上交織匯流，汗水和劉海已經你儂我濃的分不開了，我卻沒辦法騰出手來偷抹一把，整理那已塌陷到不行的拙樣。

他那副清爽又輕鬆的模樣，對比我既狼狽又緊張的窘態，讓我感到更加不安了。

「啊！」我猜他看見我臉上流淌下來的汗水了。「妳等我一下。」他轉過身回到位置上，悉悉窣窣翻出面紙，抽了一張給我，那一刻我內心充滿了感激。

接過面紙，我笑得好尷尬，「謝……謝謝。」趁車子停紅燈的空檔，我趕緊騰出手擦掉汗水和羞赧。

看了窗外幾眼，他又把視線調回我身上說：「不過妳也是搭這個路線的嗎？我早上好像沒有見過妳。」

「其實我搭錯回家路線了……」

他愣了一下，「也有那樣的時候，我剛剛跟孫易傑也找了好久才找對，不如妳跟我們同一站下車吧！」

「……孫易傑是？」

「小傑，你不跟游同學打個招呼嗎？」承翰拍了一下他前方座位。

名叫孫易傑的男孩這才轉過頭來，那瞬間我差點就開口喊他小傑。但這又是另外一個故事了，我想這個孫易傑一定不是那個孫易傑，因為我粗估眼前的這個男孩身高肯定有一百七十公分以上，怎麼可能是當年那個瘦巴巴又矮不隆咚的孫易傑。

「嗨！」名叫孫易傑的男孩迅速地起身，彎著腰，抬起手跟我點了一下頭，又立刻坐回原位。

我本來想跟他說聲你好，他卻已經靠著椅背閉目養神，我索性把話吞回去不吵他，「他是你朋友嗎？」

「妳可能不知道小傑跟我們同班，他因為睡過頭，沒上台做自我介紹。」

「喔……」原來如此。

「抱著書很重吧！要不要我幫忙拿還是放在椅子上？」承翰突然地問。

我感到不好意思，「沒關係，我可以自己拿。」事實卻是，我抱著書本的那隻手早就痠到一個不行，很想不顧一切丟開手上的書本。但本能的逞強卻讓我心口不一，不想讓體型跟體力不成正比，那樣會顯得我很弱，女漢子好像比較符合我的外表。

「如果真的拿不動，再跟我說。」又是一個耀眼微笑。

我馬上撇開視線，深怕自己掉進那比羽毛還柔的微笑，「其實你也可以不用一直陪我站著。」

「就我自己坐，讓妳站著多不好意思，再說要到終點還有一段路程，妳確定不坐一下？」

「謝謝，不用了，那是你的位置。」我很明白的說，更多的是包含著害羞、難為情的心意，明明知道這是出自於同學愛，我還是忍不住心跳加速。

「妳很有趣，上頭又沒有寫我的名字，每個人都有座位權，只要妳有繳交校車費。」

這是第一次我看到他為我而笑的模樣，那麼不經意，卻狠狠撞進我的心。

也許是他的這番言論和笑靨，讓我放下了對不熟悉的人的戒心，竟毫無顧忌地在異性面前笑了出來。

「嘿！妳笑起來眼睛也會跟著笑耶。」他像是發現了新奇的事情。

那是讚美嗎？我不太確定，但我確定我喜歡他對我笑的樣子，很舒服，很……奇特，心情會莫名的跟著好起來。

相視而笑的三秒後，他再次跟我確認，「妳確定妳不坐一下嗎？」

我正要再次婉拒，前方有了動靜，是那個叫孫易傑的同學。

「欸！老柳，我有事，要提前下車！」他拍了一下柳承翰的肩膀。

「什麼事？剛怎麼沒聽你說。」

孫易傑沒有回答柳承翰的問題，只是迅速地瞟了我一眼說：「明天見！」轉頭就朝前方喊，「司機，我要在前面下車。」

孫易傑下車後，承翰的前座空了下來。

「現在妳也有座位了，不會再拒絕不坐了吧！還是我們要一起繼續罰站？」

鮮少跟異性攀談的我，差點就因為他這番話嚇得又流一身汗，我在想要是再這樣一起跟他並肩而站，我的心跳肯定會飆破一二〇，下場就會像從井裡爬出來的女鬼一樣，又濕又慘白，重點還是一個體重超標的女鬼。

為了不讓這種想像成真，我接受了他的好意入座。

從此之後，我的心底多了一個他的位置。

一開始只是在心裡多了一個名字，眼睛多了些追逐他的目光，腦海多了些浮現他笑臉的情景。而這樣的喜歡，與日俱增，等到我發現時，才知道我的暗戀已經長成一棵大樹。

縱使後來我們在班上沒有太多交集，頂多打個招呼，點個頭，微笑一下。這些再稀鬆平常的小事，對我而言都是足以令我感到撼天震地的大事，我會因為眼神多跟他交會幾次，心情雀躍奔騰個一整天，也會因為他漏接了我的招呼或沒注意到我經過他身旁而沮喪不已。

我甚至有個自私的念頭，但願我眼前暗戀的這個男孩「柳承翰」，永遠都是大家口中的「資優生班長」，而不是「某某某的男朋友」。

這天體育課，趁著生理痛不用打球的空檔，坐在騎樓底下，肆無忌憚貪看著場上正熱心教導班上女同學上籃的承翰。突然，身旁竄入一道人影，挾帶著一陣夏日的風，伴著薰衣草香氣竄入我的鼻息。那是柔軟精的味道，有別於承翰身上流露出的淡淡清香味，孫易傑的出現總是像有花香撲鼻一般，很難不去注意到來者何人。

「原來摸魚是這種感覺，果然還是坐著發呆比較舒服。」孫易傑一屁股坐到我身旁，忙著用袖子擦汗的同時，還不忘揶揄我幾句。我趕緊收起迷戀的目光，回歸到現實的狀況。

現實的狀況就是孫易傑跟我的交集比承翰多很多，不知道該說老師太會安排座位還是我抽籤運太旺，連續三次了，孫易傑都坐在我隔壁。我承認我是一個話不多又慢熱型的女生，必須得跟一個人相當熟稔才有辦法聊上天，和異性就更別說了。可是孫易傑卻總有辦法跟我搭上幾句，因為他老是忘記帶鉛筆、忘記帶橡皮擦，甚至忘記帶課本，那個時候，我只得跟他併桌一起看，所以我就算不想跟他變熟也難。

「我才沒有在摸魚，我只是肚子不舒服，老師讓我在這休息。」

「喔，是大姨媽來了？」他一臉笑嘻嘻。

「對，大姨媽。」我板起臉，「所以別惹我，可以的話，你走開。」

「我不走開，因為妳選的這個位置很好，方便偷看一些人。」

「偷……偷看什麼人？」我慌張了一下，連帶心臟也猛跳好幾下，該不會被孫易傑發現我在偷看他的好朋友柳承翰。

「問妳啊！妳都看到了些什麼？」他神祕兮兮。

「哪有什麼……孫易傑你去別的地方啦！」我像趕蟲子一樣要趕他走。

「我不去，我就是要坐這。」他像是賭氣的說。

「為什麼？」我不解。

「因為從這邊比較有機會看到她們的小褲褲。」

順著孫易傑的目光，我這才發現是學校啦啦隊在練習跳舞，女生都穿著露肚臍的上衣，和短到像美少女戰士的裙子。此時一個長相甜美，綁著馬尾的纖細女孩被男生拋到空中，完美地在空中轉了一個圈，裙子隨著旋轉飛舞，〇‧五秒的瞬間露出了黑色底褲，在俐落的被接回地面，擺出最漂亮的姿勢。

我跟著看得起勁說：「那哪是什麼小褲褲，那是安全褲啦！笨蛋！」我笑他。

「隨便啦！反正都是褲子。」孫易傑還是笑嘻嘻的。

「都是褲子有什麼好看的。」我嘖他。

男生就是男生，幼稚又沒衛生，當然，在這方面，承翰是例外的模範生。

「還敢說我，我才想問妳，男生打球有什麼好看的？」

「什麼？」我盡量讓自己不表現得太吃驚。

「柳承翰很帥吧！」他沖我笑。

這一問，換來我一臉痴呆，嘴巴張得老大，「啊？」

「妳喜歡他吧？」他止住笑，那雙清澈的眼睛一副要把我看穿似的。

我嚇得立刻起身，以巨人的角度俯瞰他，以為這樣有喝止作用，「說什麼啊你！」

他不疾不徐跟著起身，拍了拍屁股上的灰塵，一臉篤定地朝著我笑，「那就是喜歡了吧！」

他這股王者般的氣勢，害我猶豫著要不要說謊，但承不承認我都是輸家啊！因為這傢伙已經逮到我的小辮子了。

最後，從我嘴巴冒出的卻是這一句，語氣帶著無奈，我說：「不然……你想怎麼樣？」

「沒怎樣啊！」

「幹嘛要威脅妳？」

我有點困惑，「你不打算用這個祕密威脅我嗎？」

禁不住內心的好奇迫使我問：「可是漫畫跟小說不都是這一套公式？」

他拿手指輕輕推了一下我的額頭，「就跟妳說不要看太多少女漫畫和小說，那種虛假的東西，看多了會變笨的。」

我馬上搓揉被他推過的額頭，明明不痛，卻覺得這個動作多少緩和了尷尬的氣氛，「是嗎？那我就放心了，你會幫我保密吧！」

「可以啊！如果妳答應成為我的盟友。」他理所當然的說。

「什麼盟友？」我滿頭霧水。

「幫我追那個跳啦啦隊的蔣心妮。」他指著剛剛被拋上天的那個甜美女孩，「交換條件就是我就幫妳追柳承翰。」

「……」我過了好一會才消化他這番話，「什麼嘛！還說這不是威脅？」我忍不住提高分貝。

「不是威脅啊！在少男漫畫當中，這是互利關係，航海王有沒有看過？」他挑眉竊笑。

「我不知道該怎麼說你……」感覺他提的方案可行，又覺得好像哪裡不對勁。

「那就不要說，答應做就對了嘛！」他試圖說服。

「盟友關係……嗎？」我再次確認。

「嗯，互助合作的盟友關係，魚幫水，水幫魚這道理聽過吧！只要能互相配合好，就能產生雙贏的局面。」他像個經驗老到的生意人。

「保證成功？」我承認，問這話時，眼睛真的不小心因為過度興奮而發亮。

「修行在個人。」

「好一句簡潔有力的廢話。」我吐糟。

「一句話，答應就說不好，不答應就說好。」

「好，不對，是不好。」說完，我在心底咒罵孫易傑是幼稚鬼，居然想得出這種無聊的反話把戲。

「很好，擊個拳頭。」

我愣了一下，「為什麼要擊拳？」

「這是屬於一分子的暗號，所以廢話不要這麼多，擊個拳頭。」

「擊個拳頭。」儘管覺得莫名其妙，我還是把拳頭伸出去與他的碰撞。

「身為盟友，我必須先告訴妳一件事。」他一臉正經。

「什麼事？」我突然感到不安。

他指著我身後，「妳那個……漏出來了。」

霎時我倒抽一口氣，「天啊！哪邊？很多嗎？」我側著身子拉拉褲子，著急的一直往屁股方向看，白色運動褲沾到月經是一件很可怕的事。

結果……

「騙妳的！」已經跑遠的孫易傑笑著朝我喊。

「孫易傑！」明知追不上他，即使肚子還很痛，我還是因為一股氣，雙腳不由自主地跑起來。

奮力追逐到一半，我察覺不妙，孫易傑正往柳承翰那方向跑去。我趕緊踩剎車，趁我這副凶巴巴的樣子還沒被柳承翰發現，我得趕緊裝沒事。

孫易傑找到護身符一臉得意的模樣，真是叫我恨得牙癢癢。

只是，我可以相信孫易傑這個幼稚鬼嗎？可以把幸福託付給他嗎？

很快的，我有了答案可驗證。

孫易傑那傢伙不知道跟承翰說了什麼，他往我這邊看過來時，還對我露出比夏日陽光更耀眼的燦笑。

我想，我就相信孫易傑這麼一次了，畢竟，我的暗戀已經長成一棵大樹。

如果必須借助孫易傑，才能讓我的暗戀修成正果，不妨試一試。

體育課結束後，承翰正幫著孫易傑把球收進籃裡。

在怡靚叫我的前五秒，我正假裝在綁鞋帶，偷聽承翰和孫易傑的對話。

「欸！老柳，我看你乾脆幫我當體育股長算了。」孫易傑嘻皮笑臉的。

「你想累死我？我當班長已經夠忙了。」

「你沒聽說過天將降大任於斯人也，必先苦其心志，勞其筋骨嗎？」

「嘿！看不出來你也會念書。」

「那當然！」孫易傑一臉得意。

收完球，兩人各抬起籃子一端，感情要好的往體育室走去。期間他們不知道聊到什麼，孫易傑突然放開籃子另一端，大動作勾住班長的脖子，幸好承翰反應夠靈敏，馬上抓住籃子沒讓球打翻。兩人在一陣嘻笑玩鬧中離開操場。

有一瞬間，我突然好羨慕孫易傑能這麼親近承翰。

「允安，妳有沒有聽到我在叫妳？我想去上廁所。」

「不好意思喔！怡靚妳先自己去，我想去一趟福利社。」

「又去福利社？」怡靚一副我不該再亂吃垃圾食物以免增加體脂肪的臉。

被人限制吃東西是一件很掃興的事，何況還是自己最好的朋友。但我知道她是為我好，畢竟我的公斤數在班上算是名列前茅，唉，有這項紀錄也算是悲哀了，我居然跟男生體重差不多。

「我不是要去買零食吃。」我解釋。

「那妳要買什麼？」她質疑。

「巧克力牛奶，我那個來肚子痛。」

「妳那個痛喔？不然我幫妳買就好啦！妳先回教室休息。」

「不用不用！我自己去就好，妳不是要上廁所嗎？快去快去。」

我把怡靚往洗手間的方向推，雖然說這種謊對怡靚有點不好意思，但這是關於我暗戀的小遊戲。我喜歡偷偷等待承翰從體育室走出，跟著他後頭進福利社，等他拿了巧克力牛奶走向櫃台，我就會從架上取下同樣的商品。對我而言，這算是一種自我滿足的遊戲。

趁承翰去櫃台結帳，我立刻到冰箱前，正慶幸剩下最後一罐巧克力牛奶時，一隻纖纖玉手跟著伸過來。我抬頭一看，發現這個女孩好眼熟，加上女孩身上未換下的啦啦隊服，赫然發現她就是孫易傑暗戀的對象蔣心妮，遠看就很甜美可人，沒想到靠近一看，小麥色的肌膚，一頭烏黑亮麗的捲髮，就連身為同性的我也差點愛上她，實在是太漂亮了。

「呃，妳要嗎？」我有點生澀的開口。

「沒關係，妳拿去。」她很客氣的回我。

連個性也很討人喜歡，只能說孫易傑這傢伙好眼光。

「我也沒關係，還是妳拿去吧！」

我乾脆塞進她手裡。

「謝謝，那我就不客氣囉！」她笑的時候露出一顆小虎牙，可愛指數當場破錶。

我不是一個健談的人，碰上蔣心妮卻讓我產生想跟她聊下去的魔力，我鮮少跟漂亮的女生搭話，除了覺得新鮮，也大概因為她是孫易傑暗戀的對象，覺得有必要好好了解一下，於是我厚著臉皮，逼自己找話跟她聊，我指著她手上調味乳說：「今天好搶手，居然賣到剩一瓶。」

「對啊！還好妳有讓給我。」

「對了，剛剛我們班體育課，我有看到妳在練習啦啦隊。」

「真的嗎？那妳覺得我跳得好嗎？」

「很好啊！超棒的，真佩服妳有勇氣被拋過來拋過去，還能在男同學肩上保持平衡，最重要的是還不怕高，也不會頭暈的樣子。」

她聽完，露出甜美的微笑，不知道是不是因為我講得太誇張了。

「我一開始也不太能適應，後來練習久了，習慣了，我反而很享受啦啦隊這項運動，妳叫游允安對吧？聽起來很像有下雨就安心的感覺，是個好聽又特別的名字。」

她看著我衣服上繡的名牌說。

我愣了一下，她是第二個對我的名字這麼有見解的人。

第一個，是孫易傑，不過不是現在這個孫易傑就是了，而是那個在我記憶裡矮不隆咚的孫易傑。我在想，為什麼這世上有同樣名字的人這麼多，不知道記憶裡的孫易傑現在好不好。搖搖頭，我幹麼要想到他？我想說的是這世上說不定也有一個跟我一樣叫游允安的女生。

「比起我的名字，妳的名字蔣心妮更好聽。」

「喔？我沒穿著繡學號的制服，妳也知道我的名字？」

我能跟她說，三十分鐘前我才從暗戀她的孫易傑嘴裡認識她這個大美女嗎？

「因為我聽別人叫過妳的名字，不知道我可不可以直接叫妳心妮？」

「當然可以，那以後我就叫妳允安囉！」

我有點害羞地回她，「好啊！」

結果我是空手離開福利社的。因為除了巧克力牛奶，我好像沒有特別想買的東西，又加上跟怡靚約定好不買零食了。經痛無法紓解，只想趕快回到班上休息。

我一踏進教室，心臟差點從嘴裡跳出來，柳承翰就坐在我的課桌上，和孫易傑不知道在討論什麼話題，感覺好熱絡。

此時此刻只有一個念頭，我在想，等一下午休，說什麼我也不擦桌子。

以及，我到底該不該趁此機會跟他打個招呼說上幾句話？

還是，我要不乾脆裝沒事坐回椅子上？或許還能近距離偷吸幾口他吐出的氣息。

最終，我根本就害羞到一個極致，成了一尊雕像，一動也不動的，試圖用力眨眼來舒緩心跳。

「咦，允安，妳不是去買巧克力牛奶嗎？」

所幸是怡靚出聲打破我這雕像狀態。

「……喔，賣完了。」

「是喔！真可惜，那妳那個還痛怎麼辦？」

我跟怡靚的交談，吸引了承翰跟孫易傑的注意。尤其是承翰，他轉頭看到我，立刻把屁股從我桌子上挪開，「對不起對不起，位子還給妳，我沒注意到妳回來了。」

「沒關係，我也才剛回來。」

「那個是指大姨媽嗎？」孫易傑突然沒頭沒腦冒出這句，承翰似乎也好奇的看著我。

在我喜歡的人面前談什麼大姨媽啦！孫易傑這個大笨蛋！

「嗯。」我很不願承認的點點頭，難得找到用那個來代替大姨媽的說法，孫易傑卻這麼不費力氣說破了這個代號。

「如果真的很不舒服，要不要去保健室躺一下？」從承翰深邃的眼眸裡透露出無限的溫柔光輝。

他的關心讓我內心一顫，差點就不能呼吸了。

「對啊！允安，我看妳臉色蒼白，好像很不舒服的樣子。」怡靚接著說。

承翰不聲不響突然湊到我面前，「妳還好吧？」我一個害羞，腿軟了一下猛然退後，屁股撞歪了桌子和椅子，唉唷！丟死人了啦！

古代有愚公移山，而我是屁股移桌。

「其……其實沒那麼嚴重啦！」我在想為什麼上課鐘還不響，尷尬死了，大家都知道我大屁股的威力了。

「還說沒有？被我抓到了，站都站不穩了！這樣還不算嚴重？」孫易傑不知道在誤解個什麼東西的跳出來仗義執言。

「走吧！我帶妳去保健室，等下再跟老師報備。」

我還來不及拒絕，承翰就拉著我的手臂，把我往保健室帶去。

他抓著我手臂的力道，好像特別克制了力道，是那樣溫柔小心翼翼。他的手彷彿有導熱作用，溫度從手臂延展到全身，我不由得打從心底發燙。除了這般親密接觸，途中他時不時朝我投射來關懷的目光，要是感動到暈過去，我這輩子也無憾了。

但我不能暈，因為我怕他抱不動我，原本的世紀浪漫會變成世紀大笑話，那該多慘。

一直到承翰離開，我還覺得這是夢一場。然而手臂上殘留的餘溫，提醒著我這不是夢，我欣喜若狂，把手覆蓋在他剛剛碰觸過我手臂的地方，閉上眼，我感覺到心臟跳得飛快，呼吸變得既沉重又甜蜜，我不知道自己何時睡著的，但我能確定我的嘴角一直是上揚著。

等我睡了兩節課醒來，回到教室發現桌上多了一瓶巧克力牛奶，而且還是溫的。

我幾乎沒多想就朝承翰的方向望去，神奇的是他居然回過頭，目光與我相遇。

他對我笑。

我才知道，原來心融化了就是這種感覺。

自從和孫易傑有了追愛協定之後，我的生活好像被入侵了，首先他說要知道我的手機號碼，我的 LINE 帳號，我家電話，甚至是我家地址。不過令我納悶的是他要知道我家地址做什麼？

他回答我一個再簡單不過的廢話，「因為妳家是隨時能找到妳的地方。」

當下我也沒感到奇怪，但事後仔細想想，我們充其量只是盟友，既不算朋友，也不是情侶，有必要到我家來嗎？

「那不然我把我家地址告訴妳。」孫易傑不知道發什麼天真地說。

當場被他打敗，認命接受他這種跳躍式邏輯。

大清早，我被電話鈴聲吵醒，迷迷糊糊接起手機，電話那端立刻傳來孫易傑朝氣蓬勃的聲音。

「妳還要繼續睡嗎？如果我告訴妳柳承翰正在早餐店，要妳快點趕來的話，說不定還能……」

我先是愣了好一會，沒說再見就把電話切斷，接著從床上跳起，三步併兩步急著去浴室盥洗。結果一陣慌亂，腳踢到垃圾桶，垃圾桶打翻，我也摔了一跤。

多虧孫易傑的好消息，製造多美好的早晨啊！

我馬上振作，從地板爬起。還好身上肉多，摔了一跤頂多像被蚊子叮一下，只有這個時候我特別感謝身上的肥肉，有一種說法叫安全氣墊，我想大概就是在形容身上多餘的贅肉吧！但往往幻想是美好的，現實總是殘酷，就在我迅雷不及掩耳打理好門面，卻站在衣櫃前發愁，怎麼穿都不對勁，唉！為什麼這些衣服網路上的模特兒穿了都是曲線曼妙，我卻是……

只有一直線啊！全身鏡果然是個邪惡的東西，感慨之餘，我幾乎把衣櫃裡的衣服換穿過一遍，最後，選了一件勉強看起來有曲線的長版襯衫，事實上是我把腰帶拉得死緊，搭上百搭的牛仔長褲，準備去跟我的心儀對象來個不期而遇。

我循著孫易傑訊息上的地址到達目的地。

要踏進早餐店時，害羞的心情猛然竄升，不知道穿著便服的承翰有多帥，不知道承翰突然看到我會有什麼反應，不知道我這樣的穿著打扮會不會很怪，不知道為什麼我哪來這麼多不知道，明明只需要跨出這一步啊！

孫易傑走出來，一臉困惑的端詳我，「喂，我家沒有請保全喔！」

「什麼保全？什麼你家？」我還會意不過來。

「一直站在我家門口，不是保全是什麼？」他挑眉。

「這是你家？」我一臉驚訝。

「是啊！我家地址我不是告訴過妳嗎？」他一副我在蠢什麼的表情。

但蠢什麼的人應該是他才對，我又不是吃飽太閒要去記他家地址，再說了，是他先沒跟我說他家開早餐店的。不過，腳踩人家地盤，我還是稍微客氣一點。

我佯裝豁然開朗，「難怪班長會來你家吃早餐，那……」我偷偷往店裡看，「承翰呢？」

「他回家啦！」

「什麼！」我悵然若失，接著質問，「你為什麼不幫我拖住他一下？」

「拜託喔！誰吃早餐會花掉一小時，要怪就怪妳自己太慢。」孫易傑突然打量我，「喔，我知道了，是刻意打扮過吧？」

我有點難為情地說：「你看出來啦？」

「看不出來，我只是覺得妳像一個包得很緊的粽子。」

「說什麼啊你！」我氣呼呼瞪向他，好歹我這個包得很緊的粽子也花了二十分鐘才包好，還因為勒太緊快喘不過氣了，但我才不想跟他多說，說了只會讓他笑話我。

「既然來了，照顧一下我家的生意吧！」他露出生意人的笑臉。

「好啊！我正好沒吃……」早餐還沒說完。

孫易傑連忙打斷，「麻煩妳幫我收拾一下一號桌和三號桌，客人一直來，我跟我媽快忙不過來了。」

「啊？」我還反應不過來。

「唉呀！妳是弟弟班上的女同學吧！謝謝妳來幫忙，真是太麻煩妳了。」慌忙中孫媽媽抬起頭親切的跟我打招呼。

「呃……不會。」

「喏，抹布。」孫易傑毫不客氣的把抹布往我手裡塞。

「抹……抹布？」我臉上有三條線。

此刻，我就算明白上了賊船也沒辦法反悔了，只能摸摸鼻子，幫忙收拾餐盤和擦桌子。

孫易傑則是幫忙孫媽媽烤吐司幫忙招呼客人，這下，沒看到班長承翰，我倒是成了台勞幫傭，我苦笑。

果真如孫易傑所說，他們家早餐店生意特別好，坐滿了人不說，上一批客人走了，馬上有下一批客人來光顧。尤其是一些年紀跟我相仿的女生，不知道是嘴巴在吃東西還是眼睛在吃孫易傑，孫易傑只要端早餐經過，這群女生就像樂開了一樣，真沒想到孫易傑在店裡的人氣這麼火爆，完全不輸承翰在班上的人氣。

一直這麼忙到了中午，客人終於減少，我也得以喘口氣。

「喂，過來坐。」孫易傑端來了兩個盤子，一盤是中式蘿蔔糕，一盤是美式蛋餅，還有奶茶跟可樂。

「這些是請我吃的嗎？」

他愣了一下，「妳可以吃這麼多嗎？」

我跟著愣了一下，吞了一下口水，「我是可以吃這麼多，只是可以都給我吃嗎？」我餓壞了，根本顧不得什麼女生形象。

孫媽媽聽到我的話，非但沒笑我食量大，還很阿莎力的說：「當然可以啊！如果吃不夠，看妳還想吃什麼，孫媽媽再弄給妳吃。」

「真的嗎？謝謝孫媽媽。」我好感動。

「喂，游允安，先說好，妳可別把我家吃垮了。」

我一口蛋餅一口蘿蔔糕，孫易傑帶刺的話早就被我的唾液分解，臉上表情只剩心滿意足，「孫媽媽做的早餐好好吃喔！」我忍不住直誇孫媽媽手藝。

「易傑，妳怎麼可以這麼說人家女生，人家這樣白白淨淨的很可愛啊！」

孫媽媽誇獎我可愛，倒是讓我夾東西的動作頓住，通常別人說我可愛都是指我膠原蛋白過多，嘿！我臉上不只膠原蛋白過多，我身上還有很多油脂游來游去唷！他們對於我可愛的讚譽，我都不知道該高興還是該難過了。

「對啊！很可愛，不是小可愛，是大可愛。」

孫易傑突然附和，還一語雙關，害我被蛋餅噎了一下，咳了兩聲，趕緊拿起奶茶急救。

「你不要故意害我嗆到。」我長這麼大，第一次被異性說可愛，對象居然是孫易傑？

他笑笑，「妳有看過哪隻小豬仔不可愛的嗎？」

我馬上變臉，本來想對孫易傑大聲回嘴，但我怕被孫媽媽覺得我恰北北，所以只好換個低調的方式。

「我不知道該怎麼說你！」我瞪他。

「那就不要說，我們說說妳喜歡的柳……」

我立刻摀住孫易傑的嘴巴，孫媽媽還在看著我們呢！這種小孩的事怎麼可以給大人知道，對象還是孫媽媽多不好意思啊！再說依孫易傑跟柳承翰的交情，孫媽媽肯定知道是他兒子的好友，於是我裝傻，「劉德華，哈哈哈！說好下次劉德華演的電影上映，我們一定要去看。」

「沒想到允安同學這麼有眼光，孫媽媽也很喜歡華仔呢！」

我對孫媽媽笑，但表情十足僵。

孫易傑推開我的手，「為什麼是我們要一起去看啊？我又沒有喜歡劉德華。」

我靈光一閃，「對啊！你沒有喜歡劉德華，只是你喜歡蔣……」

孫易傑馬上還以顏色，不過他不是用手堵住我的嘴，而是蘿蔔糕。

唉！我就閉嘴了……美食當前，難以拒絕。

「蔣中正！」孫易傑連忙說。

我跟孫媽媽同時一臉困惑，下一秒立即笑出聲，孫易傑被我們這麼一笑，自己也覺得不好意思。

「蔣中正！」我故意模仿他剛剛說話的語氣。

「妳們笑什麼，我喜歡蔣中正不行嗎？我就是欣賞他革命十一次才成功。」

孫媽媽當場巴了一下孫易傑的頭，「國父是孫中山！蔣中正是先總統蔣公，就算你不想讓我知道你有心儀的對象，但好歹國父跟總統不要搞混了，拜託一下好嗎？」

「好啦！下次不會搞錯了。媽，那我先送我同學回家。」

「啊？」我驚訝，孫易傑突然友好，讓我感到莫名不解。

「走吧！我送妳回家。」孫易傑臉上帶著微笑，看著我，對我說。

我想孫易傑一定是哪根筋不對，才說要送我回家。

「你真的不用幫忙孫媽媽打烊嗎？我其實可以自己回家。」

「誰說我真的要送妳回家？」孫易傑立刻面無表情表示。

我說這人怎麼可以變換得這麼快，上一秒明明就很熱情。

「不是要陪我回家，不然你陪我走出來幹麼？」我毫不諱言問。

「我只是要跟妳講幾句話就要回頭幫忙我媽。」

「喔，那你要跟我講什麼？」我學著他一樣語氣淡然，不然怕自己會成了受他擺佈的傻瓜。

「妳今天特地來不就是為了他，沒見到柳承翰妳就這麼甘心要回家？」

「你這意思是……」

「他有上書局跟去圖書館的習慣，只是我不知道他今天會去哪裡，或者哪裡都不去。」

天啊！對我而言真是偌大的好消息。

開心之餘，我也放軟了語氣，「知道了，謝謝你小傑，提供這麼好的情報。」

孫易傑一副雞皮疙瘩掉滿地的模樣，「妳還是喊我全名好了，叫我小傑怪噁心的。」

「知道了，小傑！」我故意逗他。

「還叫？」他瞪大眼，吃驚。

「好了，不鬧你了，小傑。」我發現只要喊他小傑，他就會顯得彆扭，那副不自在的模樣，卻能讓我看得樂了起來。

「幹麼啦！妳越說越故意。」他雙手抱胸，蹙著眉看我。

「我只是覺得喊你小傑很親切啊！不喜歡我喊你小傑，那我叫你大傑好了。」

「不要，妳要是沒把大傑喊好，聽到的人會誤會妳叫我大姊，那樣我不就成了娘娘腔？」

我不由得會心一笑，「說得也是。」

「我該走了，就這樣，拜。」

說完，他邁起長腿就要離開。

「等一下！」我叫住他，在他好心提供我情報之後，我好歹也要報告一下追蔣心妮的進度，「我跟蔣心妮說上話了。」

「什麼？」他很驚訝。

「羨慕吧！我比你早一步跟她說上話了。不過她真的好漂亮，人也好客氣，感覺是個善良的女生。」

孫易傑用食指搓搓鼻子後，笑著說：「那當然，我喜歡的女生當然是最漂亮，同時心地也是最善良的。」

「感覺你喜歡上了一個條件很好的女生，就跟我一樣喜歡上條件很好的承翰。不過別擔心，我會跟蔣心妮先做好朋友，再找機會把你推銷給她。」

「我是貨物嗎？還推銷咧？」他表現得不是很開心。

「那我換個說法，介紹，介紹可以嗎？」

「嗯，差不多。」他挑起一邊眉毛笑了。

「因為你這麼幫我，我也會好好努力的。」

他對我笑，「那我就等妳的好消息了。」

「ＯＫ！擊個拳。」我把拳頭伸出去。

他突然愣了一下，才回過神，「擊個拳。」

互道完再見，他快步離開，我則是坐上我的公車滿心歡喜離開。

如果可以跟承翰不期而遇就好了。

打著碰碰運氣的主意來到誠品書店，以為會敗興而歸，沒想到被我瞎貓碰上死耗子，承翰真的在這邊看書。我心裡的興奮難以言喻，看著席地而坐的他正專注於浩瀚的故事裡，選擇不打擾，我挑了一本要看的書，隔著矮書架，就悄悄的坐在他後面的位置。

耳裡聽見他翻書的聲音，偶爾會傳來幾句他氣聲般的笑聲，每當這個時候，我的嘴角也會跟著不自覺上揚，在心裡暗自竊喜著，這樣的我們算是約會嗎？

如果是就好了。

時間彷彿變得很緩慢，可我一點也不覺得無聊，還希望時間能更慢一點，只要能陪在承翰的身邊，每一分每一秒都讓我感到無比快樂。

儘管維持同一個姿勢讓我腳痠手麻，但內心的雀躍難以言喻，穿著便服的承翰真的好帥，像極一個從平面雜誌走出來的文青模特兒，老天，怎麼可以這麼有型？

承翰有著外在的聰穎，內在的良善和熱心，在同學眼裡是個盡責討人喜愛的班長，在師長眼裡是個優秀乖巧的學生。我看上的承翰果然很讚，只是這樣完美的他，卻令我望塵莫及，我可以嗎？這個疑慮出現在我心底不下千百遍，我很希望自己配得上他，但我真的可以嗎？

可以我喜歡他，他也剛好喜歡我嗎？

喜歡是一件很兩極化的事，能讓人感到心曠神怡，同時又像坐在只有一個支點的蹺蹺板上，隨著他在我身上所駐留的目光重量，感到一下開心一下低落，而我這僅僅只是單戀而已。

單戀，世界上最心酸的小事，因為他不知道，所以是小事。

假使他有一天知道，卻不能回應我，那便是大事了。因為心碎，所以是大事。

但這是初戀啊！無論是多少開心的小事或心酸的小事，到好老好老以後回過頭，我相信都會是最美好的青春片段，對我而言，能喜歡一個人就是一件很棒的事。

也因為喜歡上一個人，我才發現自己原來也有害羞、柔軟，甚至脆弱的一面……就像現在，明明他要離開，我卻怕被他看見，居然像個賊一樣躲躲藏藏，甚至在他經過我身旁時，趕緊背對著他假裝要拿書。

最後我只能看著他的背影目送離開，懊悔著自己膽子怎麼這麼小，好歹打個招呼也好，不然說個再見也行。可是我卻膽怯害羞到什麼也做不了，真是沒用啊我！

落寞的走出書局，正想去搭車，無意間瞥見坐在對向公車亭的承翰。我先是愣了好幾秒，好不容易鼓起勇氣正要上前，結果我才過完馬路，承翰的公車就來了。我只能眼巴巴看著他上車，我明明可以喊他名字的啊！為什麼不喊？我真是個膽小鬼！

如果我是個充滿自信的漂亮女孩，我一定朝他狂奔而去，可惜我不是，我只是一個沒自信的普通女孩。

看著他的背影對我來說是家常便飯，每當多看承翰背影一眼，我就明白我有多喜歡這個男孩，喜歡到連背影都不捨得放過。我這膽小鬼卻還沒足夠勇氣跟他的面對面好好相遇。

如果上帝真的存在，能讓承翰主動開口跟我講話，那該有多好？

隔天正要回教室午休，沒想到在走廊被承翰叫住。

從這一刻起，我開始相信真有上帝，昨天的祈禱竟成真了。

「我可以跟妳說一下話嗎？」承翰柔聲地問。

我愣了好一會，才壓抑住內心洶湧的欣喜，「……好啊！」

「沒想到妳願意去遞補掃廁組的空缺，真是幫了我大忙。」

「……我，我嗎？」

「不是嗎？小傑是這樣跟我說的，還是妳改變主意了？如果是這樣也不勉強，大家好像都不太喜歡掃廁所。」承瀚一副傷腦筋的神情。

我幾乎不假思索的說：「沒有，其實我最喜歡掃廁所了。」

「那從今天開始就麻煩妳去掃廁組。妳真的很特別，居然會喜歡掃廁所。」

「就是說，呵呵呵……」我苦笑著。

從此我在承翰的心目中大概是個愛掃大便的女生了吧！想了就覺得悲哀，孫易傑算個什麼盟友？根本是狼友！

承翰前腳一離開，孫易傑這狼友馬上就捱了過來。

「怎麼樣，瞧妳跟他說話的表情，可開心了。」

「可不是，託你的福。」我咬著牙說。

「妳這像是感激我的樣子？一臉哀怨模樣，我可沒有欺負妳，是幫了妳。」

「你是沒有欺負我，只是讓我去掃廁所，你幫忙的方式會不會太特殊了點？」

「還好啦！」這又不是在誇獎，他居然還笑得出來？

無可奈何，我只能面對現實，「不說了，我要去掃排泄物了。」

「加油！馬桶的清潔就靠妳捍衛了！」他一臉竊笑。

「你……」我深呼吸後，冷靜地說：「謝謝！再見！」

才轉過轉角，怡靚立刻向我飛撲過來，抱著我開心地笑。

「耶！好棒，從今天起允安可以陪我一起掃大便了。」

我這次不只深呼吸，我還閉上眼讓自己冷靜幾秒，提出了一個假設性的問題。

「今天有人大便沒沖嗎？」

「今天是都有沖馬桶，不過有一個人大到外面了，而且還去踩到，整個地板都是屎印。」怡靚說得很平靜，我倒是感覺我的眼角在抽搐，第一次掃廁所就遇到頭獎。

「確定我們掃的是女廁嗎？」

「對啊！允安，妳怎麼這麼問？」

「沒有，我只是覺得有點不可思議。」

為什麼高中女生會把大便大在外面，而且還留下了痕跡？至今還是個謎……

「這世上不可思議的事多著呢！」怡靚邊倒清潔劑邊笑著對我說。

掃廁組另一成員，同時也是我班上好友之一的雅琪則幫忙清垃圾。

我刷著馬桶的時候想到孫易傑跟我說加油的畫面，忍不住拿起馬桶刷狠狠地刷向馬桶，如果這是孫易傑的臉，我大概會很痛快！但下一秒我又想到承翰跟我短暫交談的畫面，我不自覺又切換一張幸福的笑臉。

「允安，妳怪怪的喔。」怡靚突然靠近我，好奇地問。

雅琪也著停下手邊動作好奇的湊過來說：「什麼祕密啊！我也要聽，我最喜歡聽祕密了。」

「哪有什麼祕密啊！」

「不然妳的表情怎麼這樣一下氣呼呼，然後一下又笑咪咪的。」怡靚模仿我剛才的表情，我看了好害羞，原來我剛剛的表情這麼搞笑。

兩人好像打算等我講出祕密才肯繼續掃廁所，不得已我只好說：「聽說這樣可以瘦臉啊！」

「真的假的？」怡靚好像覺得很新奇。

「那我也要趕快來瘦臉。」雅琪馬上照做。

兩人興致勃勃的一邊掃除一邊擠眉弄眼，我邊刷馬桶邊覺得對她們怪不好意思，兩個美少女，頓時變成怪怪美少女了。

「咦，允安，妳怎麼不做了？」

我愣了一會，苦笑一下，「要做，要做啊！」

後來的畫面就是三個女生各自拿著掃除工作邊擠眉弄眼。

不要告訴別人，女廁裡有三個顏面神經失調的傻瓜，唉，臉別抽筋就好。

雅琪去樓下倒垃圾時，怡靚突然擱下拖把，蹲著，手托腮，神情憂鬱的看向我說：「允安，我可以問妳件事嗎？」

「好啊！妳想問什麼？」

「我之前就覺得你跟孫易傑的感情好像滿好的，可是最近發現你們的感情好像更好了。」

我驚得張大嘴，「有嗎？」

「當然有，有眼睛的都看得出來。」

這下，我不知道要說什麼了，因為我猶豫著要不要把孫易傑跟我這麼好只因為說好是盟友這件事透露出來，可是一旦透露出來，怡靚就知道我喜歡班長承翰。

「我們只是互相借東西的鄰桌關係啦！妳別想太多。」

「真好，真羨慕妳，坐在他隔壁，還可以借他東西。」

「不會吧！難道妳喜歡孫易傑？」

那個幼稚鬼？

「身為好朋友我不想隱瞞妳，我確實是喜歡孫易傑。」

可是孫易傑喜歡的是蔣心妮啊！我好想這麼跟怡靚說，可是我能這麼樣抹殺一個少女心嗎？站在怡靚的立場想，我大概不希望得知這個震撼的消息。

於是我隱瞞。「是喔。」

「那妳呢？妳有沒有喜歡的人？」怡靚眨著眼，立刻把好奇心轉移到我身上。

「我……我嗎？」奇怪，我幹麼結巴，還突然緊張起來。

「是啊！我都跟妳說我喜歡誰了，難道身為好朋友的妳不能跟我說嗎？」

眼看騎虎難下，我只好跑到怡靚的身邊對她咬耳朵，「是……是柳承翰啦！」

「真的！」怡靚表現得異常興奮，似乎又鬆一口氣說：「反正不是孫易傑就好。」

「哼！孫易傑那麼高眼光，才不會看上我呢！」

「奇怪，妳怎麼知道？」

「因為男生都喜歡瘦瘦的女生啊！」

「誰說，會喜歡上允安的，百分之百，肯定是真愛！」

「喂！陳怡靚，妳這樣說很傷人喔！」

「不會啦！妳這樣肉肉的也很可愛啊！而且抱起來超舒服的。」怡靚撒嬌似的撲向我抱，我一個沒蹲穩，下場就是我屁股親吻地板，褲子溼了一大片。

怡靚見狀，忍不住笑我，說我很像尿褲子，我心有不甘邊追著怡靚邊說也要讓她屁股溼。

最後是雅琪很好心的從班上借來了吹風機說要幫我弄乾，怡靚提醒只剩五分鐘就要結束午休了。我只好邊感受熱風威力邊扭動覺得很燙的屁股，怡靚卻說我像蟲子一樣很會扭，也不知道哪裡來的靈感發威，竟然跟她們說我是靈活的胖子，接著好誇張的扭動身子。瞬間怡靚跟雅琪被我逗得很樂，只顧著耍寶跟看戲的我們都忘了一件事，要做蠢事前，千萬記得要關上廁所大門。

「夠了啦！允安，我快笑死了。」

「對啊！妳不要再亂動了。」

「怎麼樣？我很靈活吧！」

「允安，真的，不要再扭了。」怡靚突然板著一張臉孔，指向我身後。

直到我納悶的轉過頭，看到承翰詫異的目光與我對上，我想解釋，但他只給我一抹靦腆的微笑，悄悄幫我關上大門。

完了。我在他面前的形象毀了。

到底為什麼我剛才要那樣耍寶？

整個下午我都不敢看班長，因為太丟臉了。

如果時光能倒流，我發誓我不會做出那麼滑稽的舉動，我只要一想到我的大屁股肆無忌憚的在承翰面前扭動，我就很想拿拳頭敲自己的頭，更遑論他看到後露出那一張驚訝的臉。最讓我不能接受的是他居然什麼話也不說，還悄悄幫我關上了廁所大門，這比直接笑我還叫我心煩。

可怕的是，人一旦知道羞恥，那充滿羞愧的回憶每隔五分鐘就會自動在我腦海播放，我一次又一次在心底尖叫，懊悔，多希望自己沒幹過這種蠢事。

就這麼伴隨著羞愧感一直到了放學時間，平時一打鐘，我都會迅速離開教室，一方面是為了去搶校車座位，一方面是我純粹想讓承翰看見我，雖然只是背影，但比起我一整天望著他背影的時間，我這算是回收小小的投資報酬率。

可是今天情況特殊，不想太準時離開，我刻意等承翰先下樓再走。原本晴朗的天空忽變暗，前後不到五秒的時間，毛毛細雨變成了傾盆大雨，我不得已只好折返教室拿傘。天空忽打起一記響雷，沒嚇到我，真正嚇到我的是教室裡沒有我的傘。難道是有人拿錯了我的傘？還是有人偷了我的傘？都不是，我想起來了，是我之前把傘借給了怡靚，而她還沒還我。

下一秒我拔腿狂奔，完了，這一折返花了不少時間，我的校車啊！千萬不要忘了把我載走。

結果就是我想的那樣，我只能傻站在騎樓底下看著校車疾駛離去，就像分手的男女朋友那樣，頭也不回，不帶一絲情感。

只能坐公車回家了。可是要走到公車站還有一段路程，那路程足夠讓我淋成落湯雞了。

唉聲嘆氣的同時，我看到了前方一個曼妙的身形……那不是蔣心妮嗎？原來她也沒帶到傘，正站在警衛室的屋簷下等待有人去營救。要是我有傘就好了，應該會是個很好拉近跟她距離的機會。我才這麼想完，身旁就突然多了一個人，我嚇了一跳，是孫易傑。

「沒帶傘喔？」

我突然感慨地說：「是啊！天有不測風雲。」就像今天我親手毀了自己一樣，不知道承翰以後會怎麼看待我，想到就擔心肝。

「我懂妳那句話，就像我只不過肚子痛去大個便，結果校車就跑了。」

「……那你有洗手嗎？」

「當然有，不信妳聞。」他調皮地把手湊過來。

我不禁露出嫌惡的臉，靈活的閃開，「走開啦！」

「幹麼又叫我走？」

「不走要幹麼？」沒等他回答，我一個恍然朝他曖昧的笑，「喔，該不會又方便你偷看某些人了吧？」我眼神望向站在警衛室的蔣心妮。

「那還不趕快上！」我催促他。

他爽快的說：「聰明。」

「上什麼？」

我困惑的看向孫易傑，他到底是真不懂還是假不懂，於是我耐著性子解釋，「趁這個機會跟她共撐一把傘，她馬上就會認識你了。」

孫易傑的反應卻是把傘推給我，「妳拿去給她啦！」

「幹麼不自己去？」原來孫易傑這麼害羞喔？

「妳拿去啦！」他好彆扭地說。

「你自己去認識她，不是比我從中介紹更快嗎？」

「妳忘了？妳的義務就是幫我追她！」他理直氣壯的說。

「但你自己也要主動才行啊！何況你是男生耶。」

「這種小事用不著我出馬，妳來做就好。」

「哇，這種話你也說得出來。」算什麼男人嘛！

看出我鄙視他的眼神，他連忙說：「妳以為只有妳會害羞，我就不會害羞喔？」

我笑他，「早點老實說不就好了？」

「妳只要巧妙的把我的義行告訴她，那不就能加深她對我的印象了嗎？」

「還真巧妙啊？」我真搞不懂孫易傑，明明可以是一件簡單的事情，卻要拐彎抹角弄得這麼複雜。

「就這樣，傘妳跟她一起撐啦。」他乾脆把傘勾在我的書包背帶上。

「可是傘被我們撐走，那你怎麼辦？」

他看了我好一會，吶吶的說：「哥淋的不是雨，是帥氣。」

我還一臉茫然，孫易傑已經拿起書包擋雨，在雨中跑走了。

孫易傑其實跟我一樣都是膽小鬼，要這麼帥的話，何不乾脆在蔣心妮面前表現出來，默默喜歡，是沒自信的人才會做的事。

不得不承認我是因為外在所以少了些自信，可是孫易傑是為什麼啊？

真搞不懂，他要是感冒了，可不干我的事。

撐開傘，我走向蔣心妮，她很訝異我還沒有離開校園，我們一起走到公車站時，她說很感謝遇到我，我則告訴她，她得感謝一個人。

「他叫孫易傑，班上的男同學，要不是他肯出借雨傘，我們就要淋雨了。」

「允安，你們班上的男同學真好。」

「對啊！而且他們家的早餐很好吃喔！有中式也有西式，選擇很多。對了，妳有吃早餐的習慣嗎？」

「其實我有吃兩份早餐的習慣。」

「真的假的？」我驚得兩個眼睛瞪大，吃兩份早餐還那麼瘦？我想問她還有天理嗎？但我又不能因為自己吸收好怪罪別人，所以還是別問了吧！自取其辱。

「妳不覺得兩份才有飽足感嗎？」她歪著頭看我。

這一刻，我深深認定她能跟我成為好朋友。畢竟網路上流傳著早上要吃得像國王一樣豐富，我一直遵循著這方法，總覺得有一天我會變瘦子，說不定我將來會跟蔣心妮一樣瘦，因為她就是一個活生生的範例啊！

「要不然改天我帶妳去小傑家吃早餐？孫媽媽人很好喔！而且孫媽媽用料都很實在。」

她笑得好甜的說：「好啊！那我們交換一下電話。」

原來跟漂亮女生要電話是這樣的感覺，難怪從古至今男生都很愛把妹，成就感果然是一種很要不得的東西。

回到家後，我很興奮的發訊息給孫易傑，說我要到蔣心妮的電話了。

我還以為孫易傑會很開心的回我訊息，結果只單單回了我個「喔」字，連句謝謝也沒有。

我就當他太高興，不知道該怎麼回我。

後來隔天上學，孫易傑沒來上課，聽老師說他生病請假了。

我突然覺得孫易傑有點可憐，為了逞英雄卻成了生病的狗熊。想著把筆記整理好等明天來再借他抄，可是那傢伙肯定又會因為貪玩，一天的筆記要分個好幾天才抄完，又要一直跟我借簿子、借鉛筆、借橡皮擦的，為了省麻煩，我乾脆雞婆一點幫他抄這一次，再說那支傘我也受惠，不然感冒的人該是我了。

翻開他的國文課本，我才知道內頁如此精采，裡面有大大小小的繪圖，原來他老愛跟我借鉛筆和橡皮擦就是方便他畫這些，課文裡的古人被他畫成超級塞亞人，還有一身肌肉穿著比基尼的古人。我忍不住哈哈大笑，孫易傑果然很幼稚。

我發現有些還沒教到的章節，他也畫了好多詼諧的圖。翻著翻著，我突然看到其中一頁的一角裡用原子筆寫著游允安是……

後面四個字被立可白塗掉了，我很困惑他沒事幹麼寫我的名字，還有那四個字代表什麼意思？

據我所了解的孫易傑，八成不會是什麼好話，一定是要寫嘲笑我的話，只是還沒想好要填什麼驚人句子，好讓我看了吐血。

不過能讓我吐血的嘲弄已經不多了，舉凡胖豬、大象、阿肥、胖妞、胖妹、技子（胖虎的妹妹）、恐龍、大摳呆、航空母艦等等。是了，我一出生就有三千多公克，是個超健康的雙下巴寶寶。我體內大概有很強的營養激素，從小一路健壯到現在，而長大的過程中總會有幼稚的男生喜歡沒事來找我碴，好證明他的嘴巴很厲害，一句話就能輕易傷害一個少女心，把自己的快樂建構在取笑別人的痛苦上。這種人通常被我定義成有嘴巴說別人沒嘴巴說自己的低等動物，因為腦袋太簡單缺乏同理心和愛心，不過也因為有這些人抨擊我，我學會包容和謙遜。

所幸上了高中，男生也成熟了一點，至少還沒人故意拿我身材來開玩笑，反倒是我自己已經看很開甚至能自娛娛人。現在唯一能讓我吐血的挑釁話大概只剩下死胖子這個詞彙了，明明還沒死卻要加個死字，說什麼都有點詛咒意味。難怪現在隨便罵人死胖子是要吃官司，要被罰錢的，這一點我甚感認同，先不論一個人體型如何，在台灣，「死」這個字是很忌諱的，所以我也很不喜歡聽到死胖子三個字，即使不是在罵我，我卻覺得有點悲傷。

真要提到悲傷，其實曾經有那麼一個男孩，他不曾拿我的身材做文章，他會逗我笑，會陪著我一起玩，會保護我，甚至覺得他是一個特別不同，全天下最棒的好男生。我一直覺得他就是我生命中的白馬王子了，只是我萬萬沒想到美好也有破滅的一天。比起他嘲笑我、欺負我，他極力否認喜歡我的樣子，我永遠牢記那有多傷人。對他而言，我只是個慘痛的過去，如果時光能倒流，其實我想跟他說一句對不起，每個人都擁有要不要喜歡誰的權力，而我不該為了他的不喜歡，往他手臂上狠狠咬了一口，現在想來，我當初真的太幼稚也太魯莽。

「允安，妳在做什麼？」怡靚突然跑過來找我搭話。

我匆忙拉回思緒，悄悄把頁數換成筆記那一頁，「幫孫易傑抄筆記啊！」

「幫他抄？」怡靚一臉寫著「妳幹麼這麼好心」的表情。

「因為他昨天借傘給蔣……」我趕忙打住，差一點就把孫易傑喜歡蔣心妮的事給洩漏出去了，「其實他會感冒是因為借傘給我啦！」

「真的假的？」她難以置信。

我急忙解釋，「我跟他真的沒什麼喔！他只是看我可憐才會把傘借我。」

「妳幹麼那麼緊張啊？我才不會吃醋喔！」我感動的看著怡靚，要是我能像她那麼大方不知道該有多好。老實說，我每次看到班上女生老圍著承翰說說笑笑的模樣，我的心就像被針扎，討厭那種感覺，也討厭不主動一點的自己。

「妳好帥啊！居然不會吃醋。」我欽佩她。

「因為允安沒有威脅性啊！」

她的這句話是……

「妳的這句話是？」我忍不住問出心裡所想。

「允安，我說了妳可不要生氣。之所以覺得妳沒有威脅性，一方面因為妳是我最好的朋友，我相信妳不會搶走我喜歡的人。一方面是我覺得自己比妳漂亮一些，當然啦！如果妳瘦下來，說不定會跟我差不多漂亮。」

「哇，第一次看到罵人不帶髒字還能這麼傷人的。」我一臉受傷地沉下臉。

「真的假的？傷到妳了嗎？允安，對不起喔！」她語帶抱歉的撒嬌。

抬起頭，我馬上衝著她笑，「騙妳的！如果妳不是我朋友，我可能會被傷到，但已經知道妳的個性，所以我曉得，妳想激勵我變美對吧！」

「對啊！妳早點跟班長成為一對，也能快點幫助我跟孫易傑成為一對。」

「那我們要一起加油！」我握著怡靚的手說。

「還用說嗎？」怡靚回握我的手，興奮的說：「我今天就是要找妳去弄頭髮。」

「弄什麼頭髮？」

「我想趁生日前換個漂亮的髮型，吸引他的注意啦！」說完，怡靚臉上閃過一抹紅暈。

「女生的頭髮對男生來說很重要嗎？」我困惑。

「當然啊！妳試想一個女生擁有一頭烏黑浪漫的長捲髮在空中飄逸的畫面，是不是很夢幻很浪漫。」

「好像有耶。」彷彿連鼻間都感受一陣香氣，好迷人。

「而且我看妳的頭髮又塌又有自然捲，早該讓設計師好好整理一下了。我今天就帶妳去一家評價很好又價格實惠的美髮店弄頭髮，把頭髮打理得美美的，搞不好妳看起來就會很不一樣喔！」她對我笑。

我好像看到未來的美麗藍圖，立刻點頭答應要一起去美髮店變髮。

有一種說法叫天有不測風雲，人有旦夕禍福，而我想我現在的狀況就是如此。三個多小時前，我懷揣著變漂亮的希望跟怡靚進了美髮店，沒想到卻換來一頭燙壞的頭毛。

我想，我忘不了設計師對我施展魔法前，在我耳邊繚繞著「燙完玉米鬚，整個人看上去會顯得更有精神又有型」的話。

當時我不知道著了什麼魔，信了設計師的甜言蜜語，誤把詛咒當成祝福。

是啊！玉米鬚燙能燙成一頭驚人的爆炸頭，我算是五體投地、欲哭無淚了。

走出美髮店時，我還無法平復心情，已經不是毀了這麼簡單的形容，而是徹底的崩壞了，以致於怡靚都不敢跟我說話。經過店家玻璃櫥窗的折射，看到我這驚天爆炸的髮型，我差點因為羞憤想一頭撞破倒影中的自己。為什麼這麼悲慘的事情會發生在我身上？

而且要改變造型，起碼要等兩個月以上，才不會讓頭髮過度受損。

兩個月啊！我要怎麼熬過這兩個月？

怡靚大概做好了心理準備，憐憫的拍拍我的背說：「允安，妳就別太難過了，我想那個菜鳥設計師一定很快會被 fire 掉。」

怡靚那一頭飄逸的漂亮長捲髮在我眼前飄阿飄，我的心情盪阿盪的盪到谷底，此時與我形成強烈對比的怡靚真是好美好可愛。

下一秒，一股悲憤交加衝上心頭，霎那眼淚奪眶而出。我只要想到得頂著這顆爆炸頭讓承翰看兩個月，簡直叫我生不如死。

我本來想變美，結果卻更醜了，有誰能接受這樣的結果？

「我不要去上學了。」我甚至賭氣的說。

「允安，妳不要哭啦！搞不好是剛燙好才這麼炸，說不定過幾天就可以比較自然了啊。」

「如果是這樣就好了，如果不是，我……嗚嗚嗚……」

如果眼淚可以止住，誰想這麼丟臉，為了一頭崩壞的頭髮哭？

怡靚慌張得不知道該如何是好，只能拿出衛生紙幫我拭淚。

顧不得火車站前來來往往的路人，我只知道原來頭髮燙壞會讓人產生世界要末日的悲哀。

「好了啦！妳一直這樣哭，萬一被熟人看到怎麼辦？」

我抽抽噎噎的，「才不會這麼剛好咧！妳……妳要是這麼害怕遇到熟人，妳就幫我把風啊！況且……妳的頭髮又沒有被燙壞，讓我哭一哭，不然我很委屈。」

怡靚一臉無奈，只能放任我傷心。沒多久，她拍撫我後背的手勁突然變大還加快，感到疼痛要責備時，怡靚神色不安的說：「不……不好了，是班長跟孫易傑。」

「在哪？怎麼可能！完蛋了，不要說妳跟我在一起。」

然後我就迅速躲到柱子後面。

「嗨！」我聽到怡靚跟他們打招呼的聲音。

我悄悄探頭，發現他們兩人正好背對著我。

「咦，怡靚同學還沒回家啊？」

「對啊！我去燙頭髮，剛燙完。」

「難怪我一直聞到一股味道，原來這就是新頭髮的味道。」孫易傑一副原來如此的語氣。

這個孫易傑真的很後知後覺，用眼睛看也知道怡靚去過美髮店了。

「你感冒有沒有好一點？」怡靚在說這話時，眼睛裡同時閃爍著擔心和愛意。也只有我這個明眼人看得出來。不過怡靚也真是的，一看到孫易傑就把持不住的要寒暄，我朝怡靚使眼色，得趕快將他們打發走啊！

「當然，所以老柳才找我出來吃飯，順便帶今天的筆記給我抄。」

「你們兩個人果然是很好的朋友。」怡靚又客套的說。

「不過妳今天怎麼沒跟允安同學一起出來？」班長突然問起。

沒想到承翰會提到我耶！我好訝異，可是眼下不是該高興的時候，被發現就萬念俱灰了。雖然遲早還是會被知道，但我就是不想在此刻現身，我朝怡靚不斷比畫要她快點趕人走。

「喔，允安她啊……」

「游允安，都看到妳了，還不出來？」孫易傑突然地說。

我毛骨悚然了好一會，才怯怯的走出來面對現實。

「你怎麼知道我在柱子後面？」孫易傑是哪隻眼睛看見我的存在，我忍不住喃喃自語著。「明明背對著我的啊！難道……難道是屁……」

「屁……屁什麼？妳到底都想到哪裡去，我是因為看到妳裙子的長度，還有那一股新頭髮的味道，一直從背後濃濃的飄過來。」

我看到孫易傑戲謔的笑，真的很想給他一拳耶。

「咦，妳換新髮型啦！」承翰帶著好奇的目光朝我投射而來。

「是啊！」我偷偷嚥了一下口水，不知道他會怎麼評論我這顆頭。

過了好一會，承翰說：「好酷的髮型喔！」

好……好酷？我歪著頭看班長，他對我笑。

好吧！至少不是好醜或好蠢。

「謝謝。」我欣慰的笑。

「應該不是燙壞的吧？」孫易傑開口，一槍斃命。

我差點倒地不起，「怎、怎麼可能是燙壞，這是最流行的髮型，叫玉米鬚燙啦！」

「是喔！是玉米鬚燙，不是獅子頭燙喔！」

孫易傑這番話，讓怡靚跟承翰噗哧笑了。我多想挖個地洞把自己埋起來，而承翰大概是看到我一臉鬱鬱寡歡的模樣，連忙安慰，「不會啊！這樣也算很有個人特色，看起來挺有精神。」

「對啊！獅子都挺有精神還很威嚴。」孫易傑又說。

我的笑臉又垮了，這次比倫敦鐵橋還要垮。

「時間有點晚了，我們要趕快回家了，就這樣，拜拜！明天見！」怡靚拉著我匆忙離開。

我還聽得到孫易傑在我身後笑喊，「拜啦！獅子王，明天要記得來上學啊！」

我轉過頭去，本來想瞪孫易傑，但看到承翰的臉，我馬上堆起笑容，揮揮手道再見。回過頭來，我嘴角一扁，孫易傑居然在承翰面前損我是獅子王，他到底是在幫我還是害我？

怡靚一臉好奇的問我，「聞到頭髮香味我可以理解，可是為什麼孫易傑光看裙子長度就發現是妳，不覺得很奇怪嗎？」

難道怡靚沒發現我裙子比她長很多嗎？這種事情還需要向別人解釋，自曝其短其實是一件挺糟糕的事，可偏偏我這個好朋友的腦袋，如果不跟她說，給她一個月還是沒得解。

我盡量不帶情緒字眼的說：「在妳們趕流行把裙子改到膝蓋上時，我因為腿粗只能保持在膝蓋以下的裙子長度，這樣解釋妳懂了嗎？」辣妹跟村姑是很容易辨別的，我忍不住嘆了一口氣。

「原來如此。」怡靚一臉大惑已解，「原來妳腿很粗？」

我險些翻她白眼，「對，很粗，而且還有肥胖紋，滿意了吧！」

我嚴重懷疑怡靚的好傻好天真是想逼死我。

「反正長襪可以遮啊！」她笑。

我笑不出來，襪子怎麼遮還是遮不住蘿蔔的原型啊。跟瘦子討論腿粗的問題，他們是不會了解這箇中滋味，就像他們不會知道，腿粗的人，走路的時候，兩隻腿會摩擦會打架。

「說真的，妳覺得我明天請假好不好？」我陷入悲觀。

「又來了，妳又說這種喪氣話，剛剛柳承翰不是稱讚妳了嗎？」

「妳覺得那是稱讚嗎？」

「好酷也是一種稱讚啊！」

「可是我想聽到的是『還不錯』或『很適合妳』啊！」

「樂觀一點嘛！不要想是燙壞的頭髮，至少這樣的頭髮特別顯眼啊！搞不好班長還會多看妳幾眼。」

「真的啊？」

怡靚朝我大力的點了點頭。

事已至此，我也只能說服自己接受這顆頭了。

誰叫我運氣好，遇到一個菜鳥設計師。

頂著這顆爆炸頭去上學時，我早已做好了心理準備。

好在有昨天的巧遇，間接幫承翰打了預防針。瞧，在走廊上他還跟我打招呼呢！

這顆頭雖然成為大家的目光焦點，一度造成內向低調的我無所適從，但無可否認的是，能招來承翰的注目，說起來也算不幸中的大幸了。

只不過班上男生很無聊，一直問我去哪裡摸到高壓電頭髮爆得那麼厲害。我還沒開口，怡靚就已經跳出來罵那些男生沒常識，摸到高壓電是會死人的而且臉還會焦黑。雅琪也加入罵那群臭男生不懂得欣賞，男生又回嗆女生就是那麼愛漂亮，這時班上女生群起激憤，指責男生不也喜歡看漂亮女生。我沒預料到自己會成為班上的導火線，看大家為我吵成一團，我實在是不好意思，正想站起來說些什麼，孫易傑活脫像看戲般，要我不要輕舉妄動，坐下來靜觀其變。

此時男生跟女生就像一條南北分界線，眼看就要一觸即發，講桌上突然發出碰的好大一聲。結果是承翰一臉冷峻的站在講桌前，「通通回座位坐好，現在是早自習時間不是吵架時間。」

我還是第一次看到承翰這麼嚴厲，班上同學才安靜下來各自回到座位上。

雅琪心有不甘的舉手發言，「可是班長，他們男生真的很過分，怎麼可以這樣說女生。」

「班長，她們女生說我們過分，你看剛剛她們罵我們的嘴臉就不機車嗎？白眼都翻到後腦杓去了。」

「那不就剛好扯平了嗎？」承翰誰也不偏袒，「我覺得女生有追求漂亮的權利，男生也該學會欣賞，再說，能看到漂亮的女生，最大受益者不是我們男生嗎？」

我真心覺得承翰帥呆了，以致於情不自禁鼓起掌來，直到大家目光望向我，我才驚覺自己太投入了。

我尷尬的笑了笑。沒多久，女生一面倒贊同承翰的話，男生似乎也認同了，班上又恢復和諧。

我無限感激的看向講台上的承翰，多虧了他出面協調，才沒釀成班上失和。雖然維持秩序是身為班長的他該盡的責任，不過也因為他的聰明睿智才能平息這場戰爭，果然是我喜歡上的人，棒到沒話說。

不期然，他看向我這邊，朝我眨了眨眼並露出一抹笑，我以為自己看錯，揉了揉眼睛，結果他已經背對我坐在椅上自習了。

好可惜啊！如果能把那瞬間拍下來，不知道該有多好。唉！都怪我沒事眨了好幾下眼睛，好浪費啊！應該好好看著的……

「欸！看夠了沒？妳想把他看穿啊！」孫易傑側趴在桌上，一臉取笑我的模樣。

「才沒有，我不想跟你講話。」

「為什麼？」

這人有健忘症嗎？他昨天是怎麼嘲笑我的頭髮，他忘了嗎？

「因為我現在還是獅子王，別惹我。」我挑明地說。昨天的氣還未消，在承翰面前給我難堪，還算是盟友嗎？我看他根本是叛徒！

結果他拿筆戳了我手臂一下，「那妳還會咬人嗎？」

「想試試看嗎？」我狠狠瞪他。

「不了。」他馬上退避三舍。

過沒幾秒，他拿筆又戳了一下我的手臂。

我壓抑著怒火壓低聲音說：「又幹麼？」

「問妳喔，課本上的筆記是妳替我抄的嗎？」這回，他乾脆大刺刺的把身子轉向我跟我說話。

「早知道就不幫你抄了。」我後悔的說。

他只是笑了笑，我對他這反應著實感到困惑。

雖然孫易傑很幼稚，但當他在我面前笑得像個小孩一樣天真時，我卻無法繼續對他生氣。

沒一會兒，他收起笑容，突然想起來似的冒出了一句，「妳應該沒有亂看我的課本吧？」

「難道你課本裡有什麼不可告人的祕密嗎？」

「那妳覺得有什麼祕密嗎？」

我眨了兩下眼睛，立刻理出頭緒，還是不要打破沙鍋問到底好，關於他課本上寫了我名字之後，被立可白塗掉的那四個字，他都可以把我的玉米鬚燙說成是獅子頭燙了，我也不會笨到期待他會寫什麼好話。

「我又不會讀心術，怎麼可能知道。」

「還是說妳想知道我什麼祕密？」

又來了，幼稚鬼上身前兆。

「比起你的祕密，我更想知道更多關於『他』的祕密。」

「有必要這麼現實嗎？我們是盟友耶！好歹也要多了解我一下吧？」

「我已經了解你夠多了，現在我只想安靜的看書。」

說完，我故意把身體挪向左側看書，為的就是防止孫易傑再找我搭話。沒一會兒，孫易傑拿指頭在我手臂上點三下，我不理他，他居然變本加厲把頭靠過來。我忍無可忍用力轉過頭，感覺頭髮都跟著起飛了，赫然發現孫易傑好好的坐在位置上，跌坐在地板上的人竟是班長承翰。

怎麼會是他，我緊張地連忙起身。「班長，你沒事吧？」

承翰一手摀著臉頰，一手摸著屁股，一臉受到驚嚇委屈的表情，「沒……沒事，是我自己沒注意。」

我可以想像上一秒他受到我稻草般的頭髮襲擊，猝不及防往地板跌坐的那一刻。

過分的是，鄰座的同學早就笑成一團，當然包括孫易傑。

「對不起我……」頭髮太粗糙了，我的頭已經低到不能再低了。

承翰站了起來，「沒關係，我應該先喊妳的，不過妳的頭髮好像比我想像的更需要好好保養一下。」他尷尬地笑了一下。

「……我想也是。」我的臉瞬間僵掉。

如果當下能來個地牛翻身，我一定立刻躲到桌子底下，實在是太羞愧了。

「對了，我剛剛只是想跟妳說……」

「說什麼？」我忍不住害羞起來，算算今天承翰跟我講話已經超過四句了，實在是太開心。

「上次女廁申請的掃除用具來了，因為衛生股長今天不在，所以想麻煩妳們掃廁組的去學務處領可以嗎？」

我愣了一下，原來是要找我去跑腿。不過，就算是這樣的差事或對話，我還是甘之如飴的接受。

「可、可以啊！」

「那就麻煩囉！」他對我輕輕一笑。

在我心裡則是重重一撞，「不會。」

這大概是所有暗戀者的通病了，我想。

承翰邊走回座位前還邊揉著屁股，我心裡一陣愧疚感又油然竄升。

從現在開始，我一定要讓受損的頭髮回到健康模樣，我暗暗發誓。

中午掃廁時間，我向怡靚跟雅琪討教如何讓頭髮變柔亮。

「允安頭髮的受損程度，可能需要等長出新頭髮，再一口氣剪掉那些壞掉的。」

雅琪良心建議。

我愁眉苦臉，「依照妳這種說法，我可要變光頭了。」

「還是去買護髮產品吧！」怡靚說。

「這不是考倒我嗎？市面上的護髮產品那麼多，我也不知道從何買起。」

「網路上查一下大家用什麼最有效不就得了。」怡靚又說。

「好麻煩，有沒有那種更快更有效的偏方啊？」

「妳是指走旁門左道嗎？」雅琪困惑。

「我又不是做什麼壞事，幹麼用旁門左道形容？我的意思是頭髮要亮麗要柔順，有沒有更便捷的方法啦！」

「等等，我好像聽說過用雞蛋護髮不錯喔！」怡靚突然表示。

「真的嗎？」一想到生雞蛋那種腥味，我實在敬謝不敏。

「搞不好怡靚說得有道理，妳看雞蛋不就是滑滑的嗎？如果頭髮抹上蛋白一定滑溜溜，而且蛋黃是整顆蛋最營養的地方，妳想想看，頭髮也是需要營養的啊！」

「沒錯，我要講的就是雅琪說的那些好處，而且雞蛋又不貴，還是家裡隨手可得的東西。」怡靚又補充。

我聽得兩顆眼睛發亮，暗暗下了決心。

回到家，我立刻進行保養頭髮大作戰。

從冰箱拿出兩顆雞蛋打在碗裡，我才去想到是不是要把蛋白跟蛋黃分離啊！可是好像來不及了，不管了，別浪費！說不定這樣效果更好，拿起筷子打均勻，緊接又想到有必要攪拌嗎？又不是要煮蛋花湯。

無所謂了，我豁出去了。

我忍住雞蛋那股腥味，把蛋液全抹在頭髮上，真的好黏稠又好滑膩，逼著自己搓揉了幾分鐘，再打開蓮蓬頭一鼓作氣沖掉。

沖了不到五秒，我馬上驚聲尖叫。

我忘記一件最重要事了，我應該用冷水沖的……

現下，我的頭變成蛋花湯了。

為了沖掉殘留的蛋花，不知道在浴室奮戰多久，加上要去除那股腥味兒，我又拿洗髮精重新洗了好幾回，整整花了四十分鐘，還不包含洗澡的時間。好像也只有這樣，才能證明我有多愚昧。

我欲哭無淚，走出浴室，手機正好響起，怡靚是在我家裝設監視器嗎？

「喂，允安，我忘了跟妳說，沖洗的時候不能用熱水，妳應該知道吧？」

我壓抑著崩潰情緒，「不然會變成蛋花湯是吧？」

「對啊！應該只有傻瓜才會用熱水吧！哈哈哈，有誰會那麼傻啊！」

我無言了三秒才說：「我就是那個傻瓜。」一陣不甘心在我心底流竄。

聽見怡靚在電話那頭倒抽一口氣，「真的假的？」她還是難以置信。

別說是她了，我也不相信自己這麼蠢。

「我不會再用什麼該死的雞蛋護髮了。」

「改天我們還是試試別種辦法，嗯？」

「嗯，只要不是雞蛋就好。」我又說了一遍才掛上電話。

雖然我很愛吃雞蛋，但這一週內，我都不想看到雞蛋了。

我忘不了雞蛋在我頭上所造成的衝擊。

家裡的狗兒比比大概是察覺出我心情憂鬱，跑過來對我搖尾巴。我把比比抱了起來，開心的要跟牠玩鼻子碰鼻子，本來比比都配合，突然間卻變得好抗拒。我正困惑牠怎麼這麼情緒化的同時，比比竟然張嘴咬了我的頭髮，我嚇得把牠放開，比比立刻夾尾巴逃走。

這下好了，連我家的狗都討厭我的頭髮了。

啊！我真是身心俱疲了我。

事到如今，只能到屈臣氏去尋求護髮產品了。

一到門市，我蹲在架子前，不斷的拿起不同的護髮產品比較，光是價格我就考慮了許久，畢竟貴的不一定好用，便宜的又不一定有效，實在是很兩難啊！

「在買什麼呢？」

這聲音好耳熟，我抬頭一看，心臟差點沒跳出來，是班長承翰。

「班……班長你也來屈臣氏買東西啊？」

「呃，對。」他把東西挪到背後去。

我已經瞥見產品包裝上的圖案，是衛生棉啊！

「班長你……買衛生棉嗎？」我困惑。

他不好意思的說：「被妳看到啦！其實我是幫我妹來買的。」

我很感動，「真好，你妹妹有你這個哥哥真幸福。」

「還好啦！只是她沒跟我說買哪種牌子，我也不確定買回去會不會被她嫌棄。」

「打電話問問她如何？」

「她去上鋼琴課了，不能接電話。」他彷彿想到什麼似的，「不然，問妳好了，妳也是女生，應該比較清楚哪種牌子比較好用。」

「也是可以啊！假如你願意的話。」我不自覺的摸著頸項，好害羞喔！這是第一次在校外單獨跟他說話。

「啊？」他有些詫異。

一不小心就幸福過頭了，還扯到願不願意去。

「我是說我非常樂意幫你這個忙。」

我作夢也沒想到可以跟承翰一起買衛生棉，不對，是一起幫他妹妹挑衛生棉。

我拿日用型夜用型還有護墊給他，他一副開了眼界的模樣。

「這麼多種啊？」

「早上就用日用型衛生棉，晚上就用夜用型防側漏，至於生理期快結束那一兩天就可以用護墊。」

「原來如此，謝謝妳啊！幫了我大忙。」

「其實這不算什麼大忙。」我看著他，內心很激動，希望他能再跟我多講幾句話，他的聲音是如此好聽，彷彿會上癮。

「那我去結帳了，不打擾妳買東西了。」

「啊？」我扼腕的看著他的背影，這種幸福的時光如果能延長一點就好了。

然後，我趕緊抓了一瓶護髮霜，跑到他身後排隊準備結帳。

「妳也買好啦？」

「對啊！」

我滿意的想著，這樣也算是一種投機取巧的延長方法吧！

「先給妳結帳。」

「不用啦！我排你後面就好。」

「沒關係，我剛剛佔用了妳的時間，現在先讓妳結，也算是謝謝妳。」

紳士啊！果然有王子的風範。

店員替我刷完價錢，我掏出錢包才發現還差十八塊。早知道應該先算一下價格，笨蛋！就在我猶豫要說下次買，還是老實說錢帶不夠要換便宜一點的，承翰發現了我的困窘。

「錢沒帶夠嗎？」承翰主動問起。

我尷尬的很想逃跑，「嗯……還差十八塊。」

「二十塊先借妳。」

「謝謝你喔！」

承翰把零錢放在我手上時，他的指腹無意間觸碰到我的手心。下一秒我緊緊把零錢握在掌心裡，為那0．一秒的瞬間感到怦然心動。

「不客氣。」他說。

臨走前我害羞的說：「班長，不好意思，我明天再把錢還你。」

「小意思，我才謝謝妳幫了我大忙。」他舉起裝著衛生棉的袋子。

我頓時笑開，「那班長，我先走囉！拜拜。」

「好，明天見，安。」

我怦然，「啊？」

「怎麼了嗎？」承翰困惑。

「沒事沒事，拜拜。」

我用最快的腳程走出屈臣氏，拐了好幾個路口才敢大口呼吸，他叫我「安」，不同於別人叫我允安或全名，這種像是個人專屬的稱呼法，是不是代表我在他心裡其實有一點點不一樣？

心裡又是一陣狂喜雀躍，我可以想，我在他心裡其實是特別的嗎？

不管怎樣，我就當作是了。

假如我在承翰心裡似乎有些特別，我理當要做出同等回應，所以我拿著上週末堂哥給我的兩張電影票，我要把第一次跟異性一起看電影的特別經驗，獻給最特別的人。

一整天我都惴惴不安，想著要如何開口約承翰去看電影。電影票不知道從我口袋拿出來幾次又收回去幾次，眼看到了最後一堂的十分鐘下課時間，本來我是不想這麼做的，但好像也只能委託孫易傑幫忙了。偏偏孫易傑連最後一節下課都要跟承翰一起行動，沒辦法了，趁兩人一起走向男廁時，我在轉角處以迅雷不及掩耳的速度把孫易傑帶走，在他開口喊我名字前，我直接朝他脖子手刀，讓他沒機會開口喊我名字。

到了六樓，我才放開孫易傑。面對突襲，孫易傑痛到差點飆我髒話，我馬上跟他鞠躬道歉，表明我有急事才出此下策。

「有什麼事不能好好講？非要這樣謀殺我？」

「再跟你道歉一次嘛！我是真的真的有一件急事想拜託你。」我既真誠又內疚的說。

「什麼事啊？」他不解的看向我，還忍不住抱怨，「重要到要耽誤我小便的時間。」

我從口袋掏出一張電影票，「這張電影票可不可以麻煩你幫我拿給承翰？」

聽完，他沒收下這個請託，只是一個勁的看著我，帶著十分質疑的目光，「為什麼要我拿給他？又為什麼有這張電影票？」

好問題，我在想，要是孫易傑在課堂上這麼愛發問的話，他的成績想必會變得非常好。

「這兩張電影票是我堂哥給我的，他說我可以約喜歡的人一起去看，所以……」

「所以要我騙他跟妳一起看電影？」

「幹麼說是用騙的……這裡面其中一張是要給你的，到時候我會自己再去買一張電影票，你只要約他去看電影，再告訴我時間就好了。」

聽完，孫易傑拿手指往我額頭彈了一下，我唉唷了一聲，不是痛而是驚訝。

「妳是傻瓜嗎？既然拿了免費的兩張票，不就是為了跟他坐在一塊看電影？妳幹嘛自己另外出錢，還坐不同位置，這樣算什麼電影約會？」

「那樣就夠了啦！要是真的跟他坐在一起，我可能會不知道該如何是好。」光想像我就臉紅心跳到不行。

「這張妳自己收下啦！」我困惑的看向孫易傑，他給我一個出乎意料的答案，「就算不用給我這張票，我也會幫妳約，時間我再告訴妳。」

我有點反應不過來，「真的可以這樣嗎？」

「不是盟友嗎？」他痞痞的朝我笑。

我看著孫易傑猶如看見活菩薩，「嗯。」我用力的點了一下頭，十分感動，「你是最好的盟友。」

孫易傑在下樓前又開口，「那就說好明天星期六早上來我家早餐店幫忙囉！」

「我……」我什麼時候跟他約好要去他家當台傭的？

那傢伙已經笑嘻嘻走遠，沒錯，是我把他想得太好，這傢伙對於盟友這兩字，可是很廣泛利用。

雖然孫易傑先君子後小人，但我大人不計小人過，週六我已經跟心妮約好要一起去孫易傑家吃早餐，準備給孫易傑一個意外驚喜。

為表現對孫易傑心儀對象心妮的重視，我親自要去她家接人。可是太久沒騎淑女車的下場，就是不到幾分鐘，汗水已在身上齊飆，見鬼的是通往心妮家路上偏偏有一個大上坡，半途沒力不說，還差點要倒退往下滑，嚇得我趕緊跳下車，牽車步行保命。

心妮住在一個豪華社區，家的外觀就像一座花園城堡，而穿著裙子的心妮說是公主也不為過，害我都產生了一種錯覺，該來接她的好像要是馬車而不是腳踏車。

好在心妮沒有半點嫌棄，她坐在後座，原比我想像中還要輕盈。

於是我忍不住好奇地開口，「心妮妳都吃不胖的嗎？怎麼載妳感覺這麼輕。」

「我不輕啊！我覺得我還胖呢！」心妮在我身後甜甜的說。

我無奈的想，瘦子的一個通病，就是明明很瘦還偏要說自己胖。

妳胖，那我怎麼辦？

「妳胖，那我怎麼辦？」唉唷！一個太受傷，我不小心說出心裡的話。

「不會啊！允安這樣圓圓的很可愛，而且看上去很有安全感。」

是啊！我不但有安全感，身上脂肪還讓我冬天不怕冷，贅肉還能讓我跌倒不怕痛呢！我如果這麼說，不知道心妮會怎麼想？直覺第一個反應應該是笑吧！再來應該會羨慕我，她一輩子都沒有辦法達到我這種超安全感狀態。

「有時候我也想知道輕盈是什麼感覺。」我好真誠的說。

然後心妮就被我逗笑了，「允安，妳只要到達標準體重就夠了，再說要維持輕盈是一件很辛苦的事，其實我是因為要跳啦啦隊，所以一定要控制體重，維持在四十三公斤以下。」

「四……四十三公斤以下？那我還是繼續當個快樂的小胖子好了。」要到達標準體重已經很困難，要減掉二十一公斤，豈不是比登天還難。

「等到有天允安遇到喜歡的男孩，妳自然就會瘦下來了。」

心妮這番話提醒了我，雖然承翰沒有對我的外在表態過，但沒有評論就代表他會是喜歡現在這樣子的我嗎？曾有人說過真愛就是無論你外在如何，他都會欣然接受你最原始的模樣，不管是美醜或胖瘦，以欣賞的角度包容你的不完美，純粹愛上你內在的靈魂勝過外在的表面。

如果承翰不喜歡這樣的我，那還算真愛嗎？那他還會是我生命中的白馬王子嗎？這個答案我還沒有想出頭緒，我們就已經到達孫易傑家的早餐店。我只能暫時把這個困惑藏在心底一角，等到有一天再拿出來好好思考。

我把腳踏車停好，要心妮先在外頭等一下。

孫易傑一看到我踏進店內，我連招呼都來不及打，他就一副雇主的口吻，「這麼慢才來！快點！快去擦桌子！」

「允安妳來啦！孫媽媽又要麻煩妳了。」孫媽媽很不好意思的說。

比照孫易傑一張臭臉，笑臉迎人的孫媽媽真是和藹可親多了。

「不會啦！能幫上忙是我的榮幸。」

「少狗腿了，是不是想說我媽又會拿出什麼好料招待妳？」

「我哪有。」不過我承認我空腹來，因為這裡有更好吃的早餐。

「喏！要吃好料也要先付出體力。」

我接下孫易傑遞來的抹布，這人真把我當台傭了？

「等一下啦！我帶了一個客人來光顧你們家生意。」

「誰啊？」孫易傑一臉狐疑。

「來，快進來呀！」

當孫易傑看到像公主一般現身的心妮，他真該拿面鏡子照一照自己臉上萬般驚訝的表情。

「她……她怎麼會來這裡？」

「我約的呀！」說完，我轉頭看向心妮，「心妮，他就是上次為了借我們傘結果不小心感冒的孫易傑。」

「欸！感冒的事不用多講吧！」孫易傑難為情的說。

心妮笑了一下，「允安說你們家的早餐很好吃，我今天是特地來光臨捧場的。」

「是嗎？那妳看妳要吃什麼。」

「好，謝謝。」

趁心妮抬頭專注的看著招牌上的菜單。

我拍了孫易傑肩膀兩下，提醒他，「好好招待人家啊！」再轉頭跟心妮交代要幫忙一事，隨即認命當免錢工去。

孫易傑倒是很識相，立刻把心妮帶去空桌，一下拿菜單給心妮看，一下端飲料給心妮喝。瞧，兩人還有說有笑，雖然孫易傑笑得不夠自然，不過這種事情大概就是習慣成自然，我很看好他們後續發展。

感覺氣氛很好，再這樣下去，搞不好孫易傑很快就能跟心妮成為朋友。

逮到空檔，我偷偷跟孫易傑提議，要他等一下載心妮回家，沒想到他大哥居然直接拒絕我。

「為什麼不要？」我難掩驚訝。

「我就是不想。」丟下這句話，他就跑去洗盤子了。

我就當作是他害羞開不了這個口，乾脆我好人做到底，送佛送到西。

於是，我趁大家不注意，偷偷把腳踏車後輪胎放了氣。

這下孫易傑就無法不送心妮回家了，嘿嘿，好一個名正言順。

「那，允安，我先回家囉！」說這話時，心妮正坐在孫易傑的單車後座上。

笑嘻嘻的跟心妮道別後，我還不忘提醒孫易傑要好好把心妮安全送到家。

結果孫易傑只是覷了我一眼，便猴急的載心妮回家。

其實孫易傑心底應該是感激死我的吧！

完成一個任務，我心情格外好，如果我跟承翰的進展也能這麼順利就好了。

打烊完，孫媽媽請我吃早餐，不對，應該算是午餐，一樣的兩份早點加兩杯飲料，而且這次還有餐後水果，我吃到都有點不好意思了。

吃飽飽才準備離開，孫易傑就回來了，我立刻上前詢問。

「一路上你們應該相處得還不錯吧！」

「嗯。」

「那……約好下次單獨見面的時間了？」

「還沒有。」

「為什麼？」下一秒，我突然意識到一種可能，笑開懷地輕輕推了他手臂一下，「該不會又是害羞說不出口吧？」

「那個……妳的輪胎不是沒氣了嗎？看在妳幫我媽打烊的分上，我幫妳牽去給車行打氣。」

好一個轉移話題，分明是害羞呀！

「不用麻煩啦！我自己牽去就好，再說，這種小事我很擅長應付。」我站在車的左側，按著左邊把手，把立車架踢開。

結果孫易傑不知道哪根筋不對，居然走到我旁邊來，伸手按住右把手，我突然變成車與他之間的夾心。一嚇，我趕緊退開，我們兩人的手差點就要碰在一塊了。

「妳又不知道這附近的車行，還是我帶路比較快。」

他泰然自若的說，難道只有我一個人窮尷尬嗎？

「呃……好吧！」

我趕緊繞到腳踏車右側，與左側牽著腳踏車的孫易傑一起走，好像只有這樣，我才能稍稍平息方才的尷尬。

「欸，我明天跟老柳約好看電影囉！」

「真的？太好了！」我太興奮，一不小心就提高了音量。

「妳也太大聲了吧？」孫易傑一副耳朵好痛的表情。

「那我小聲點……」我不好意思的壓低音量，「那是約幾點？」

「下午兩點三十分。」

「知道了，真的非常謝謝你喔！」直到孫易傑清了一下喉嚨示意，我才注意到自己太過興奮，竟拉了他的手當成鞦韆晃盪著。我小心翼翼的把他的手放下來，「不好意思喔！」

「喂！別說我沒先提醒妳，妳可不要因為明天要跟老柳一起看電影，晚上興奮到睡不著覺，隔天頂著可笑的熊貓眼喔！」

「我才不會咧！」我朝他吐舌。

被孫易傑知道我暗戀他好友承翰已經夠不好意思了，沒想到他現在連我的心思也猜得那麼透徹，這人實在可怕，就算我會興奮到失眠，我也才不要告訴他。

孫易傑端詳我一會兒，篤定的嘲弄，「我猜妳會。」

簡直五十步笑百步，「說到這個，你才不要因為今天送蔣心妮回家而開心到失眠才好。」

「說得也是，謝謝妳提醒我。」

孫易傑突然的客氣，我也嚇到了，「……不客氣。」

沒想到輪胎才打完氣，孫易傑這傢伙居然提了一個不可思議的要求。

「欸！載我回家。」

「什麼？」我以為我聽錯，又問了他一遍。

「我腳痠懶得自己走路回家，所以妳得負責載我回家。」我還來不及拒絕，他大哥就已經坐上後座，「Let's go!」

還敢說什麼 Let's go，我看他是想累死我。

不想想我是女生就算了，我是騎腳踏車又不是騎摩托車，這種出力活怎麼看也該要男生來做。

但，最後我還是載他回家了。

臉皮厚果然還是占便宜一點。

結果昨晚還是興奮得失眠了，果真被孫易傑料中了。

發現喜歡上一個人，真的是一件很了不起的事，當沒有喜歡任何一個人的時候，日子平淡無奇，總覺得世界就是這樣了，沒有特別的驚喜。可是真正喜歡上一個人，感覺就是洶湧澎湃，總是無時無刻會去想到那個他，想著會開心，想著會害羞，想著心臟還會微微加速跳動。

甚至，會做著一些自己從未想過的事，希望自己能變得漂亮一點，引起他多一點注意，期許自己能勇敢一點、自信一些，好早日擄獲目標成功達陣。

當然還要有一點運氣，例如孫易傑這個不請自來的盟友。也是多虧了他，我才有機會更靠近承翰一點，那是以前偷偷躲在背後暗戀時我無法做到的事。如果不是孫易傑，搞不好暗戀三年都會毫無斬獲，最後的最後，承翰只會變成我記憶中最美好也最遺憾的一部分。

為了不讓那種憾事發生，我努力著，在孫易傑幫忙下，期盼了一年，終於可以跟承翰一起看電影。

好吧！嚴格說來承翰並不知情，不過我就把這一次的祕密經驗，當成是下一次的實戰經驗。

我先一步到了電影院門口，趁著孫易傑還沒把承翰帶來，我趕緊找個地方藏身，打算等他們先進場，燈暗了之後我再悄悄進去。不知道承翰會不會發現我，如果他發現了我，我該如何自然的裝出「好巧，你也來看這部電影」的樣子？先不管他會不會發現到我，光想像我就覺得緊張萬分。

我等啊等的，不小心連打了兩個哈欠，明明就已經到該進場的時間，他們卻遲遲未到。

看著手錶，我不禁著急了起來，現在電影已經在放映了。

突然，有人在我肩膀上拍了兩下。我抬頭一看是氣喘吁吁的孫易傑，彷彿跑了百米一般，他調整了好一下呼吸才說：「妳還沒進場喔？」

我看向附近，忍不住困惑，「怎麼只有你，承翰呢？」

「他臨時跟我說移民國外的親戚回來台灣玩，他們家要招待，所以不能來了。」

「這樣啊……」內心頓時五味雜陳，有種白忙了一場的失落感。

「老柳把票給我了。」孫易傑說。

我喔了一聲，還沉浸在失望當中。

「走，既然來了，就一起去看。」

「啊？」

「還啊什麼？這部電影我期待很久了，再說電影已經開播十分鐘了。」孫易傑抓起我的手，把我往放映廳裡帶去，完全不給我反抗的機會。

結果卻是我跟孫易傑一起觀賞電影，看的還是他最喜歡的冒險刺激動作片。

說也奇怪，從坐下來那一刻，我就哈欠連連，大概是燈光暗，空調涼，又不是我感興趣的片子，再加上睡眠不足，導致我莫名的睏。因為身旁是孫易傑，而不是承翰，所以我十分放心打起瞌睡，如果承翰在我身邊，瞌睡蟲也無法誘惑我。確定和承翰看不成電影後，緊繃的情緒逐漸卸下，只是睡一下應該沒關係吧？才這麼想完，我便沉沉睡去。

不知道過了多久，開始感覺有人在晃動我的手臂。

「起來了，電影散場了。」

我像是驚醒般睜開雙眼，最先看到的是前座椅背，接著意識到自己歪著頭，好像靠著一個什麼東西……

像枕頭一樣的東西，可是又比枕頭硬一些，咦，這不是肩膀嗎？對了，我在電影院睡著了，不過這是誰的肩膀啊？我心一驚，該不會我壓在隔壁陌生人的肩膀上？

「還發什麼呆啊！妳的頭很重耶！還不快起……」

聽見這聲音，我才驚覺肩膀的主人是孫易傑。

我嚇一大跳，完全沒注意孫易傑的臉在我的頭上方，一個猛然起身，撞到孫易傑下巴，孫易傑立刻吃痛倒向一旁，我也因反彈坐回椅子上。

他扶著下巴哀號，我則按著頭頂呻吟。

「哇靠，妳鐵頭功喔？」孫易傑首先發難。

「我怎麼知道你就在我頭上面。」我表示無辜，好歹我也是受害者。「你下巴有沒有怎樣？」自知理虧，我先表達關心。

「我們出去再說。」他咬牙切齒的說。

出了電影院，孫易傑表情不是很好，令人傻眼的是，我發現他嘴唇開始滲血。

「你……你流血了。」我顯得困惑，「奇怪，我不是只有撞到你下巴，怎麼會嘴巴流血？」

「因為我當時還在講話，妳一撞，我牙齒才咬到了嘴巴。」

我同情的說：「那一定很痛喔。」

他沒說話，我猜他一定對我很不爽，不爽到不知道該怎麼回我了。

「你先在這邊等我一下，我去一下便利商店，馬上回來。」

兩分鐘後，我帶著蘇打棒棒冰回來，拆了包裝袋，直接把冰敷向他嘴巴。

「喔！很冰耶！」他神情雖不悅，手卻很老實接過冰棒。

「冰敷一下傷口，順便降一下火氣，我又不是故意的，幹麼臭著一張臉像我欠了你五百萬。」

「弄傷我，只用一支冰棒來打發我嗎？」

「不然你還想怎麼樣？都說不是故意的了。」

「好吧！也只能這樣了。」說得勉為其難，還不是立刻扭開冰棒，像個小朋友一樣開心享用。一會兒後，孫易傑才突然意識到，「妳沒買自己的那份？」

「我又沒有受傷，幹嘛買？」

「有啊！妳心裡。」他帶著同情的目光說：「因為沒能跟老柳一起看電影。」

「你會不會太小看我的內心？」其實回程我打算去家裡附近的便利商店，買幾支冰來消解失落的心情，但我才不會跟孫易傑說。

「我自己一個人吃會不會有點奇怪？」孫易傑彷彿良心發現的問。

「要是你覺得不好意思，我倒不介意讓你請我吃冰。」

下一秒，他隨即把冰棒頭部分遞給我，「喏！分妳吃。」

「這算哪門子請我吃冰？」我大驚。

「我把最好吃的部分讓給妳，夠義氣吧！」

「那不就很感謝你？」我故意說。

「妳今天要感謝我的事可多著了。」他真是大言不慚。

我忍不住長嘆一口氣，「如果承翰今天有來，那才真的要感謝你。」

「喂，我可是陪妳一起看電影，至少妳不是一個人被放鴿子。」他很理直氣壯。

我本來想說他臭美，但仔細一想，覺得人應該懂得知足與感恩，未來才能有更多好事降臨。於是我對他說：「還好有你，不過……下一次，你可不可以再幫我約柳承翰？」

他先是愣住，接著大笑，「妳確定要讓老柳看到妳打呼的樣子？」

要遮臉也不是，不遮臉也不是，最後我困窘的避開他的視線，「因為我昨天沒睡好嘛！」

「所以把我肩膀當枕頭嗎？」他不斷按壓著肩膀，彷彿在暗示我的頭在他肩膀上造成多大的壓力。

我極力否認，「可是我不記得我把頭靠向你肩膀啊！」

「妳沒有直接倒向我，是一直朝我狂點頭，不斷干擾我看電影，所以我才不得不把妳的頭安置在我肩膀上。」

「原來是這樣啊……」我尷尬的笑了笑，「真是辛苦你的肩膀了。」

「算了，就當我酬謝妳請我看電影囉！」

「不錯嘛！」我讚賞的拍了他手臂一下，「你有時候某些行為也滿成熟的。」

「不然我平常是多幼稚？」孫易傑提出疑問。

沒有回答他的問題，我只是忍不住一直笑。

他突然，「喂，妳可不要在老柳面前這樣笑。」

「為什麼？」

「因為……」

「因為什麼啊？」我充滿困惑。

「反正妳就是不要那樣笑就對了。」孫易傑不把話說清楚，反而語重心長像是做出警告。

「不然要怎麼樣笑？」這下我也火了。

盧不過我，他最後才說：「不要笑得像個花痴啦！」

驚訝之餘，我重重踩了他一腳便離開。

不是因為他說我花痴，而是我花痴也會看對象，孫易傑的眼睛八成有問題，我會發花痴的對象只有承翰，才不會是他孫易傑。

找孫易傑去打保齡球這事，好像是怡靚先開口，我馬上跟著附議的，絕對不是我忘了自己前天才在生孫易傑的悶氣。怡靚的分析太誘人，她表示，只要約孫易傑去打保齡球，百分之九十九可以跟著約到承翰，因為他們是好朋友。

於是我就鬼迷心竅了，完全把要幫孫易傑追心妮的事拋諸腦後，答應了怡靚所策畫的二對二保齡球約會。

要是孫易傑知道我幫忙怡靚要撮合他們，孫易傑應該……不是應該，我想他肯定很生氣也很錯愕，但沒人想當壞人啊！不管是孫易傑這盟友，還是怡靚這朋友，我都想幫，只是希望到了最後我不要變成裡外不是人。

只是沒想到，我這爛好人個性，好像把自己逼到一個不可思議的後續發展。

孫易傑坐在課桌上，居高臨下的看著我，抱怨著，「一下要我約看電影，一下又要我約打保齡球，妳不覺得妳的要求好像有點多？」

「不然，我盡快幫你跟妮妮約好不好？」心虛之餘，我丟出誘餌。

他思索了好一會才說：「好啊！那先答應幫我跟蔣心妮約在游泳池。」

「什麼？」那不就要穿泳衣嗎？孫易傑這傢伙未免太下流了。

「如果辦不到的話，我們就沒有什麼好說的了。」孫易傑跳下桌子作勢要離開。

我馬上把他拉回課桌上坐好，「好、好啦！」我心想，反正只要我約好，就沒有我的事了。

「不要以為約到就沒事囉！妳也要跟著一起去。」他用不容置疑的語氣對我笑著表示。

「我？我又不會游泳，而且我才不要當電燈泡。」我沒講出口的事實是我不想在大庭廣眾下，露出我的肥肉啦！討厭！

「妳當然要當電燈泡啊！不然蔣心妮怎麼好意思跟我約在游泳池。」他說得理所當然。

「那你就不要約在游泳池嘛！」我小聲抱怨著。

「好啊！那就不打保齡球了。」他再度跳下課桌，一副宣告談判破裂沒有商量餘地的態度。

我突然從教室門前瞄到怡靚渴求的目光，我要是跟她說不能一起打保齡球了，怡靚會有多失望？再說怡靚也不是那種會輕易放棄的個性，她一定會一直拜託我。上帝啊！可是我不想穿泳衣啊！我連穿裙子露出小腿都討厭了，何況是布料少還會露出大腿的泳衣，我怎麼想都羞於見人啊！

可是話又說回來，只要答應這次，我就能跟承翰一起打保齡球。如此可遇而不可求的機會，只要牙一咬，我就能一睹承翰打保齡球的帥氣模樣，相信這是一樁值得的買賣啊！

憑著我太想看承翰打球風采的心情，我豁出去的說：「好吧！我答應你。」

「那就這麼說定了。」孫易傑一副早料到的神情，下一秒彷彿又想到了什麼「對了……」

「又怎麼了？」

「妳會打保齡球嗎？」孫易傑挑起一邊眉嚴重質疑。

我哼地冷笑一聲，「這還用說嗎？隨便一丟都嘛能擊中幾瓶。」

到了打保齡球這天，怡靚莫名其妙提了個分組比賽，將我跟承翰分配為一組，要跟他們來場保齡球比賽，我立刻為自己先前在孫易傑面前臭屁的言論感到後悔。

我對運動一向沒有把握，不，嚴格說來任何運動到我手上都會變成一種運氣。每次跑步我都是跑最後一名，體育測驗往往我不是不及格，不然就是低空飛過的及格邊緣。不知道是不是因為體型笨重導致不靈活，別人花五分鐘就可以輕鬆上手的事，我卻要花上三十分鐘以上。真心覺得自己的笨手笨腳會拖垮我們這隊分數，不由得害怕和心虛起來。

「既然要比賽，要不來取個隊名吧？」怡靚心血來潮的說。

孫易傑馬上不合群的表示，「打就打，還取什麼隊名？」

怡靚透露出失望的神色，我正想開口打圓場，承翰彷彿跟我心有靈犀的先開口，「取隊名還滿有趣的，這樣比賽起來更帶勁。」

「其實我也這麼覺得。」我立刻搭腔。

孫易傑雙手一攤，「好吧！我沒意見了，你們高興就好。」

「耶！那我們就各自帶開取名，五分鐘後再來比賽。」怡靚開心表示。

怡靚跟著孫易傑向右離開時，回頭朝我使了個眼色，我猜她是要我好好把握這五分鐘獨處時間。怡靚果然是我的心腹，完完全全懂我在想什麼。

「有什麼想法嗎？」承翰認真詢問我意見。

我想了一下，「我……我國文不是很好。」

承翰忍不住笑出聲，「這不是考試，放輕鬆想就好。」

「說得也是，我一不小心就嚴肅看待了。」我傻笑了一下。

「安有沒有特別喜歡什麼？」承翰突然問，帶著閃亮亮的微笑。

我馬上害羞，「我喜歡……」在這麼好的氣氛跟台詞下，好想跟他說我喜歡你，可是有勇氣這麼想卻沒勇氣那麼說。唉！怎麼可以大剌剌對一個喜歡他的人問喜歡什麼，那是一種想說卻不敢說的折磨啊！

「嗯？」他還在等我回答，怕我依然沒想法，他乾脆補充，「像是喜歡哪種水果還是動物之類都可以。」

他說完那一瞬間，我腦中馬上有想法，「我喜歡……柳橙。」顯然我很希望他能發現我語帶雙關，那樣他就能發現我的祕密。

「原來妳喜歡柳丁啊！那我選個不能吃的景物。」顯然他沒發現，氣定神閒的說：「其實我很喜歡觀賞星辰，取各自開頭，柳星乾脆叫流星如何？」

我點點頭，「好啊！」如果這個流星可以許願的話，真希望可以許下我們能在一起的願望。

我才這麼想完，發現承翰注視著我，我不自覺吞了一口口水，莫名緊張。

「安，我們要加油，賺小傑他們一頓。」承翰泰然自若。

「沒問題！」我充滿鬥志的回應，下一秒不自覺心虛，「可是……我真的不太會打保齡球喔！老實說，這是我長這麼大以來，第二次踏進保齡球館。」

「沒關係，有我在。」承翰朝我眨眼保證。

表面上我不經意的輕輕一笑，但胸腔裡的心臟著實跳得飛快。

對我而言，那句話就像是我保護你一般動聽，聽著很安心也很動心。

真希望我能多打倒幾支保齡球瓶，不要給承翰漏氣。

五分鐘後，我們重聚在保齡球道前，說了自己的隊名，至於孫易傑他們取了個流氓隊，說是要把我們打得落花流水，不用多想一定又是孫易傑的歪理。

一開賽，孫易傑就秀了個全倒，怡靜在旁邊高興的哇哇大叫。怡靚雖然沒有孫易傑那麼厲害，但至少她還擲中一兩支球瓶，不像我一開局就洗溝。人家說有一就有二，有二就有三，我就像被這句話詛咒一樣，連連洗溝，洗到最後，我都沒臉面對承翰了。是了，真不想承認，我就是那豬一般的隊友，跟我一隊簡直算他倒楣。

「相差十一支球瓶，還用打嗎？」孫易傑面露得意。

「當然要，不到最後，勝負未定。」承翰露出自信的笑臉。

我不曉得承翰哪來的自信心，可是他這麼一說，我更備感壓力了，拿著保齡球的手頓時變得好重。我猶豫著要把球擲出去，怕又見到洗溝的可悲局面。

「如果我等一下又洗溝，你會不會生氣？」我無助的朝背後的承翰坦白。

「不會啊！妳只要注意把手打直，輕輕把球扔出去就好了。」見我表情困惑，他乾脆走到我身旁。就在他的手觸碰到我的手那瞬間，我像是被電到一樣，球「咚」的落地，差點砸到我們的腳不說，接著球還戲劇化的變化車道直接滾進溝裡。又是一個洗溝，不只我一臉錯愕，沒料到事情會這麼發展的承翰更加震驚。

「對……對不起喔！」

感覺剛剛被承翰碰到的手還是好麻，最慘的是我心亂如麻，我到底做了什麼啦！錯過了這麼難得的機會，他都這麼熱心要教導我，卻因為我太害羞搞砸了一切。

「別在意，頂多我們請他們吃兒童餐。」我猜大概是承翰發現我臉色很難看，所以開個玩笑想緩緩我的情緒。他的貼心，反而更讓我羞愧，我暗暗發誓至少最後一次要打中球瓶。

「允安，加油喔！」怡靚也忍不住替我加油。

「我待會要吃勁辣雞腿堡還是板烤雞腿堡好呢？真的好難抉擇。」孫易傑勝券在握般在椅子上嚷嚷著。

我瞪了孫易傑一眼，拿起擦好的保齡球，站在投球區，全神貫注看著球道上的保齡球瓶，我閉起雙眼，在腦海中模擬著方才承翰打球的姿勢，想著承翰打了strike回頭朝我笑的模樣，我也好想和他一樣那麼令人怦然心動。倏地睜開眼，我一個深呼吸，把球拿穩，快步一踏，俐落一扔……還來不及為自己的標準姿勢感動，下一秒「碰」一聲，一片空白後，我見到了上方承翰的微笑，不，他沒有微笑，而是呈現滿臉的驚訝。

在那O．五秒的瞬間我明白了，該死的地板為什麼要打得那麼滑，我紮紮實實摔了一跤，震驚了全場。難得我做出了正確的打球姿勢，卻是這般慘不忍睹，我既不喊痛也不想自己起來，聽到隔壁道疑似在笑我的聲音，因為丟臉到快死掉，我下意識把臉摀起來，最後是怡靚跟承翰把我從地上扶起來。

「允安，妳沒事吧？」怡靚壓抑住笑意問我。

「該不會是跌傻了吧！」孫易傑也湊過來關心。

「很抱歉，我既跌不傻也摔不死。」我最後帶著自嘲跟憤怒說。

真想哭，又出糗了，一次又一次，在我喜歡的人面前。

「安，妳知道妳剛剛打了個strike嗎？」承翰興奮的提醒。

我愣了一下，看向記分板，瞪大眼睛，一臉難以置信，「我剛剛真的打了個strike！」

「安，妳簡直是高手。」承翰朝我舉高雙掌。

我立刻又叫又笑的跟他來個雙手擊掌，也顧不了摔疼的屁股，還有剛剛丟人的一跤。

等我回過神來，才意識到我們過於頻繁的親暱動作，才收斂起興奮，轉回理智的思考。

「雖然打了個 strike，可是只要孫易傑再來個全倒，我們還是會輸掉。」我忍不住惋惜。

「但我們還是很厲害，至少安打了個 strike，那樣就夠了。」

我差點因為感動就要投入承翰的懷裡，不過那樣應該會嚇壞他。我感動的不只他說的這些話，而是他願意為這樣的我著想甚至鼓勵，以往異性同學不是把我當空氣，不然就是拿我當笑話題材，很少，不，幾乎沒有一個男生像他一樣，不會因外表美醜而來決定疼惜或尊重一個女生，早在開學日那天，他替我撿起掉落的教科書時，我就知道他和所有在校車上的男生不一樣。

「謝謝你，承翰，你人好好。」我真誠地表示。

「其實我沒有妳說的那麼好。」承翰一聽，搔了搔頭，不禁露出靦腆的笑容。

原來承翰還有這一面，好可愛啊！

「妳要謝他，至少等我打完，勝負出來再謝他吧？」

要不是孫易傑出聲干擾，我早就把承翰看穿了，真可惜，能再多看幾眼就好了。

「長痛不如短痛，你快去打吧！」輸贏已經不重要了，反正我已經得到承翰的鼓勵，那比贏了比賽更教我光榮。不過孫易傑要是能來個滑鐵盧，讓我跟承翰逆轉勝的話，就更大快人心了。

「正有此意，好好看著吧！」孫易傑扭動手部和頸部，一副勢在必得的模樣。

「加油！易傑，輕輕鬆鬆取得勝利吧！」怡靚站在一旁打氣，臉上卻笑得像春天盛開的花。

因為方才跌一跤太痛，我只好坐到一旁觀賽。我雙手握拳閉目禱念，希望孫易傑滑倒，滑倒。雖然知道頻頻 strike 的他根本不可能，但我還是希望能跟承翰一起獲取勝利，增加一些美好的回憶，如果世上真有上帝，那就幫幫我吧！

孫易傑長腿一邁，走向投球區，他甚至沒有猶豫和打量，十足有把握地迅速把球擲出去，帥氣的立刻背過身走回休憩區，不知道是他太自負失利，還是真有上帝，孫易傑居然洗溝了！

「怎麼可能？」怡靚顯得錯愕。

沒聽見倒瓶聲，孫易傑困惑的回過頭，發現站著好好的十支瓶。知道自己洗溝，他驚訝得連話都說不出來。

「太好了，承翰，我們贏了。」我連忙起身開心歡呼。

「哈哈，逆轉勝，我們可以點餐了。」承翰意外開心。

我一定要好好記住這一天，和承翰贏得勝利，既美好又快樂的一天。

孫易傑再不甘心，還是願賭服輸，替我們的餐點買單。

簡直如夢似幻，又賺得跟承翰一起共進午餐的機會。礙於第一次在心儀對象前吃東西，我吃得特別小心和謹慎，深怕自己吃相太難看，會讓承翰瞠目結舌。於是我很假仙的貫徹專家說的吃一口要咬三十下。我嘴巴都痠了，漢堡還吃不到三分之一，吃到最後承翰竟然關心起我來，他問我是不是哪裡不舒服？我當然不會跟他說我在假仙當一個有氣質的瘦子，後來我乾脆把漢堡收起來，謊稱自己不餓。當大夥準備要離開麥當勞，我那天生不浪費食物的個性，下意識就把漢堡收進自己的隨身袋裡，順便帶走怡靚沒吃完的薯條，我看見承翰詫異的眼光。

「我媽媽說不要浪費食物，不然會被雷劈。」我尷尬地笑。

「我也這麼覺得，所以，喏，蘋果派還有一半幫我吃完。」孫易傑朝我笑。

我就覺得奇怪，看我這麼小口吃東西，孫易傑居然不吭聲也不損我，原來他還有比損我更壞的行為，簡直把我當廚餘桶！

「自己點的幹麼不吃完？」

「太甜了，吃不下了。」

「可是上面都是你的口水耶！」

「我沒感冒，妳放心好了。」

「才不是有沒有感冒的問題，允安哪敢隨便吃你的口水啊！」怡靚不知道是在挺我還是在吃味。

「喂，游允安，妳不是說不要浪費食物嗎？」

「是沒錯……」我點點頭，甚至想著如果把上面沾到口水那一截拔掉，剩下來的其實好像也還可以吃。

「那就拿去啊！」孫易傑再次把蘋果派湊向我面前。

我正勉為其難的要伸手去接，承翰一把搶過去，「那就給我吃吧！我剛好想吃點甜的。」

獲救了，我對承翰只有更加地感激和喜歡。

看著承翰豪邁地把蘋果派吃掉，從來沒想過，有男生吃蘋果派的模樣會這麼好看誘人，簡直像廣告裡的模特兒。

當我還沉浸在有承翰這世界真是美好時，手機傳來震動訊息，我拿起來一看，是孫易傑傳的 LINE。

真無聊，明明在我面前，還傳什麼訊息。

打開訊息前，不知道為什麼我突然有股不祥的預感，「今天如妳所願了，別忘了答應我的事，帶上蔣心妮和我游泳池見。」

我錯愕的離開LINE介面，再看看孫易傑似笑非笑的神情。

天啊！我都忘了要幫孫易傑約蔣心妮的事了……

要出大事了！真的要出大事了！

別說游泳了，我連泳衣都沒穿過。

不知道有沒有一種泳衣，可以藏住肥肉這種萬惡的東西。

如果有，我願意花雙倍的價錢買下它。

可惜，沒有能夠藏住肥肉的泳衣，即使我穿連身泳衣，依然遮掩不住手臂大腿甚至是肚子上一圈的肥肉。

好想逃，好想逃，在我從更衣間換下泳衣後，腦中一直出現想逃的念頭，可是又不能丟下心妮不管，放任她跟孫易傑在泳池。會約在游池根本是心懷不軌，人是我帶來的，我就有責任和義務保護心妮。唯有帶著這般使命感，我才能忍住想逃的衝動。

硬著頭皮，下定決心，我走出更衣間。心妮早在外頭等我，穿著兩件式比基尼的她不只可口得像朵花，身材更是好到讓我想躲回更衣間。站在她身旁的我簡直是霸王花，明明都是圓點泳衣，她看上去既性感又可愛，而我就像是灌壞的糯米腸，穿著幼稚的腸衣，不對，是泳衣。啊啊啊！為什麼答應要來？我這個笨蛋白痴大傻瓜！

明知道心妮擋不住我的身軀，我還是遮遮掩掩的跟在心妮身後。早知道就不幫孫易傑約了，由於今日是週末，加上天氣燥熱，泳池裡到處都是人。穿著這件暴露整身缺點的泳衣，我連看都不敢看自己一眼，還要讓游池裡的一大群人看著，真想把泳帽戴在臉上而不是頭上。

「妳們來囉？」孫易傑突然浮出水面，靠向池邊，抬起頭跟我們打招呼。

我一嚇，馬上倒退幾步，把心妮往我身後帶，「孫易傑你這個大白痴！」

他被我罵得莫名，一臉無辜，「我怎麼了？」

連心妮也困惑的問起，「允安，妳怎麼了？」

他不知道從他的位置，一不小心就會看到我們裙下風光嗎？我承認自己沒什麼看頭，但心妮是我帶來的，當然要防止孫易傑偷窺。我之所以會這麼激動，還不是孫易傑找我當盟友那天，透露心妮在練習啦啦隊時，他常借位偷看她裙下風光的事。如此不當的變態行為，說什麼我也得喝止。

「你要講話別站在泳池裡講，那樣很不禮貌。」

孫易傑「喔」的一聲，身手矯捷的攀上池畔，他一起身，水嘩啦啦從他身上傾洩，沒想到平常看來纖瘦的孫易傑，卻有一副深藏不露的精瘦身材，此時我的腦袋裡卻迸出：不知道穿著泳衣的承翰會是什麼樣子？一定很養眼吧！我忍不住傻笑。

孫易傑馬上遮住自己兩點，煞有其事的說：「喂！游允安，妳不要用色色的眼光看著我傻笑好嗎？」

「我哪有！」我趕緊反駁，我想的又不是他，他少臭美了。既然他先招惹我，那我也不客氣了，「我才要警告你，不要用色色的眼光看心妮。」

心妮在一旁呵呵笑。

「才不會！再說心妮真的很適合穿泳衣，不像妳……」

「我怎樣？」我抬頭挺胸，板起臉看向他，殊不知我穿這身泳衣內心有多掙扎。

見我們兩人針鋒相對，心妮連忙當起和事佬，轉移話題問起，「易傑，你等很久了嗎？」

「還好，但我已經游好一會了，一定是游允安太慢，妳在等她對吧？」

我憤憤表示，「對，就是在等我。」早就表明讓他們自個兒相約來游泳就好，偏偏要我跟來當電燈泡，不但受氣又受辱。

孫易傑看向心妮說：「趕快熱身一下，我們下水玩吧！」

「好啊！」心妮甜甜地說。

「喂，游允安，下水前要先熱身，妳知道吧？」

「我當然知道啊！」孫易傑這句廢話，在我聽來很是諷刺，簡直把我當沒常識的傻瓜。

「我跟心妮在前面，妳在後面跟著我們一起熱身，知道嗎？」

孫易傑一副得了便宜還賣乖的模樣。早知如此，我寧可被冠上沒誠信之名，死也不會幫你約。

「……知道啦！」

「知道就不要偷懶。」孫易傑又說。

真想踹他屁股一腳，讓他直接下水。

孫易傑帶著心妮一起做簡單的熱身操，我在他們背後漫不經心的跟著熱身。還是瘦子才適合來泳池，胖子來游泳，九成八會被當成笑話看。

「允安，妳熱身好了嗎？」心妮貼心的問。

「我還沒，你們不用管我，先去游吧！」我尷尬的說。

心妮臉上帶著笑容，迫不及待表示，「那我跟易傑先去游泳囉！」

「快去吧！」我巴不得他們快走，自己在找個偏僻的角落，發呆或踢踢水做做樣子都好，反正我只是陪襯的旱鴨子。

說完，心妮走向池邊，優雅的下水，開始游起泳。居然不用浮板還游得這麼好？可見心妮也是天生的運動好手。

好像只有我是運動輸家，悲哀啊！

準備下水的孫易傑突然折返警告我，「喂，游允安，妳不要偷落跑喔！」

我對他吐舌頭，「你管我！顧好你的心妮吧！」

真搞不懂，他明明跟心妮相處得如此自然又融洽，幹麼還死拉著我作陪？

一直彆扭下去好像也不太好，大家都玩水玩得那麼盡興，看看不遠處的一個大嬸，即使上了年紀身材走樣，穿著泳衣的她卻是如此大方充滿自信，我也得學學她的落落大方，既然都來了，什麼羞恥心，我就都拋開吧！

ＳＰＡ水療處剛好有一個水柱空出來，我馬上去補位。

不會游泳的人還是多做一點這種舒服的水療吧！如果能把我背上的脂肪沖刷掉一些，那不知道該有多好？舒服得我都不想起身了，遞補隔壁位置的伯伯每隔幾秒就會偷看我，我覺得很奇怪，每當我轉過頭看他，他就會連忙把頭撇過去裝沒事，直到我逮到他視線跟我對上。

「伯伯，你有事嗎？」對於他一直偷看我的行為，我不是很高興，但看在他是老人家的分上，我還是客客氣氣的。

結果這伯伯莫名其妙對我笑起來，露出他上排只剩兩顆，下排也只剩兩顆的牙齒。

「小妹妹，妳長得白白嫩嫩好可愛呀！」

這句話從這伯伯的嘴中吐出，我只覺得不是很舒服，甚至還覺得有些猥瑣。

「喔。」我走出水柱，打算遠離怪老伯。

令我不解的是這個老伯跟著我離開水柱不說，還朝我靠近。我還搞不清他要幹麼的同時，這老伯居然……居然唐突的把手搭在我的肩上，一副跟我很熟的樣子。

我不禁想，就算是我祖父，我叔伯，也不會這樣莫名其妙把手搭在我肩上。

下一秒，我立刻意識到這是性騷擾啊！

游泳池喧鬧著水聲和人聲，我這個時候喊救命，大家聽得到嗎？重點是這個老伯居然在大庭廣眾下想騷擾我？

我立刻推開他，並且拉開距離，一臉嚴肅地警告，「不要碰我喔！」

變態老頭被我拒絕後，不但不死心，又朝我靠近，「好，我不碰妳，那我問妳……」

當下我被老伯的厚臉皮給激怒到，不知道要快閃，還傻傻留在現場，想替自己被老伯摸那一下的肩膀討公道。

「你還想做什麼？」老伯要是太超過，別怪我對他老人家不敬。

「小妹妹，我帶妳去快樂好不好？」老伯猥瑣地笑著。

「什麼？」

「好不好？多少錢？」說這話時，老伯碰了我的手臂。

當下我瞬間明白，老伯以為我是什麼？把我當成援交妹了。

「走開！」我厲聲地朝老伯喊。

「看妳長這麼可愛，給妳多點，兩千好不好？」

然後，我才想開口叫老伯去死，就出現一隻強而有力的手把我拉開，阻隔了我跟變態老頭的對峙。是孫易傑，他何時過來的？他不是在跟心妮游泳嗎？

下一秒，孫易傑狂暴的拽起老伯手腕，陰冷的臉幾乎要跟老伯貼上，「你敢再碰我朋友一下，你信不信我揍你一頓，再叫警察來？」

「允安，妳沒事吧？」心妮一臉擔心。

我點點頭，從來沒見過那麼憤怒的孫易傑，還是為了我？

「不要打我，我馬上走，馬上走。」老伯立刻變成弱勢的一方。

「再讓我看到你亂騷擾我朋友，你試試看！」孫易傑一記凶狠怒瞪完，奮力甩開老伯的手，老伯瞬間站不穩跌進水裡，連忙起身後，夾著老屁股逃開。

「搞不懂怎麼會有這種變態？」心妮同情的看著我，「允安，別怕，有我們在。」還不斷摸著我的手臂安撫我。

我只要想到剛才老伯用他的手碰我的肩膀和手臂，我身體就一陣雞皮疙瘩。

「妳是傻瓜嗎？」孫易傑沒好氣的說。

「……」面對孫易傑莫名的指責，我當場啞口無言起來。

「知道他是變態還不趕快走？都碰妳的手了，妳叫他走開，他就會走開嗎？他會那麼有禮貌的話，他就不是變態了！」

「易傑，我想允安大概被嚇到了，所以才沒想那麼多，你不要罵她了。」心妮急忙幫我說話。

「我只是不甘心被他摸，再說我剛剛已經跟他翻臉過了，而且我也知道要保護自己的好嗎？」

我說的是實話，在孫易傑的耳裡卻像是在辯解，不自量力的行為。

孫易傑像是氣瘋了，對我說出重話，「不要以為自己長得很安全就一定安全，最好欺負的就是妳這種傻瓜。」

突然間，我覺得很受辱又很委屈，一股腦的說：「對，像我這樣落單，看上去又好騙的恐龍，才會被變態看上，而且就算我喊救命，大家還考慮要不要來救我，因為我看起來就是會自救的人。」

「允安，妳先不要生氣，易傑應該不是那個意思。」

孫易傑的眼睛因激動而閃爍，看得出來他有好多話想對我說，但最後他只冷靜的說出，「隨便妳。」接著轉向心妮表示，「有點餓，先去買東西吃，等會我們外頭碰面。」

孫易傑離開後，我才委屈的掉下眼淚，心妮看見我的眼淚，頓時也慌了手腳。我本來不想哭的，但眼淚要是會聽話就不叫眼淚了。

「允安，妳怎麼哭了？」心妮邊安撫我邊扶我到池邊坐下。

「其實我也很討厭這樣的自己，只是孫易傑的話讓我更討厭自己了。」感覺我身體內那個超自卑的靈魂一股腦甦醒了。我向來逃避面對自己的不夠完美，不夠漂亮、身材不夠好，還不夠聰明。但無法改變的事實我也接受了，只想樂觀開朗的過生活，每個人都有權利選擇自己想怎麼過，美女有當美女的艱辛，我只是想當個快樂的胖子，為什麼要遭到歧視？被騷擾是我的錯囉？最可悲的是，當我說出自己被騷擾，十個人裡面有九個會恥笑我說謊吧！就因為我不是嬌弱的美女。

「我知道易傑那樣說話有些過分，可是他也很關心妳，才會注意到妳被變態騷擾，趕來替妳解圍不是嗎？」

我試圖讓自己冷靜下來，「我也很感謝他替我解圍，可是幹麼對我這麼凶？」

「易傑大概是心急，口氣才會那樣，其實是在心疼妳。」

「他才不會心疼我，心疼我就不會說那麼過分的話了。」

「好啦！允安，最重要的是妳沒事就好。」

我擦掉眼淚，又恢復一貫的樂觀說：「我當然會沒事啊！因為我很安全嘛！要不是孫易傑跑來干擾，我本來還想給那變態老頭一記過肩摔，讓他後悔招惹我。」

心妮呵呵笑，接著一臉認真說：「允安，妳應該更珍惜易傑這個朋友，我感覺得出來他是個不錯的男生。」

我不知道該說些什麼，感覺我被老伯吃豆腐，造就了孫易傑在心妮心目中的好形象。

難道這老伯是孫易傑請來的臨演嗎？好吧！我又亂想了。

沖洗更衣完，我和心妮走到門外，已經在門口等待的孫易傑手上拿著兩瓶罐裝汽水，他只遞給心妮，實在是太小家子氣了。不過我本來就沒在期待，畢竟我們才剛不愉快。

心妮原本提議要去老街走走，後來接到一通電話，說是家裡小狗生病了。

心妮著急的要趕回家帶小狗去獸醫院，我們只好先跟心妮道別，約定好下次再出來玩。

剩我跟孫易傑獨處，我突然不知道要跟他說什麼，偏偏搭車的地方又是同一方向。

為了不讓彼此尷尬，我刻意走在他後頭，亦步亦趨跟著前往公車亭。過了好一會兒，孫易傑突然停下來，我沒發現便一頭撞上他的背。

孫易傑轉過身，一臉被撞得莫名，正以為又要挨孫易傑罵了，他突然把手中飲料遞過來，「拿去。」

「要幹嘛？」受寵若驚之餘，我感到困惑。

「如果，剛剛在游池說了讓妳不舒服的話，那喝了就消氣吧！」孫易傑說這話時，眼神忍不住游移，像個做錯事很心虛的小男孩。

「好，我接受，只是……」

「只是什麼？」

儘管想偷笑，我還是忍不住想逗逗彆扭的他，「你不是應該把飲料的拉環拉開再給我，才夠誠意嗎？」

「妳是小朋友嗎？不會自己開啊！」孫易傑邊碎唸邊順手打開拉環，「這樣滿意了吧！」

我喝了一口飲料，佯裝勉強的說：「嗯，還可以。」但其實我很滿意。

滿意孫易傑這個朋友，滿意他肯為我挺身而出，滿意他也有可愛會反省的一面。

原本回到家，我就打算睡個午覺，好彌補上午被變態老伯騷擾，還有跟孫易傑小吵一頓的疲累。

誰知道怡靚的一通訊息說是在路上疑似捕捉到野生承翰，使我連忙換上外出服準備跟怡靚會合。

不為什麼，只為那幾眼瞬間的心動，還有想知道心儀的他此時此刻正在做些什麼。比起花痴般的行為，他更像是我嚮往的人生風景，在我心裡最美好的一塊。初戀不都這樣嗎？

怡靚和我正鬼鬼祟祟的站在動物醫院門口。

「沒想到妳真的說來就來！」怡靚一臉不可思議的控訴，「平常要找妳出來，妳都發懶。」

「拜託，我也是犧牲了午覺才來，不過妳確定承翰真的進去這裡面？」

「對啊！是班長，我應該沒看錯啦！他好像抱著一隻狗進去。」

「不知道他家的狗狗還好嗎？」

「要不要進去看看？」

「可是沒帶寵物進去很奇怪吧！我看還是在門口等比較好一點。」

「妳那樣有比較好嗎？快把人家大門給看穿了，說真的，有點可怕。」

「噓！我要專心等他出來。」

怡靚受不了的賞了我一記白眼，便拿出手機在一旁滑了起來。

十多分鐘後，動物醫院大門被推開，出來的人是承翰，他正在對懷中的狗狗溫柔低語，「我們看好病囉！很快就會好起來，小花好勇敢。」

怡靚馬上拍拍我的手臂示意，「我沒看錯吧！真的是班長。」

我第一個反應就是心跳加速，害羞的舉起手跟承翰打招呼，「嗨！」

「嗨！遇到妳們好巧。」承翰又驚又喜的說。

「沒想到我們又碰面了，允安。」從承翰身後冒出來的心妮開心的和我打招呼。

「妳們認識？」承翰困惑。

承翰的困惑同時也是我的困惑，我好奇他們兩個人怎麼會在一塊，難道他們早就互相認識？

「是啊！我跟允安是為了一瓶調味奶認識的。」心妮搶先回答承翰的問題。

我說：「是啊！很特別的緣分吧！」但心底有更加好奇的事，佯裝不經意的問，「那……班長你是怎麼跟心妮認識的？」

「心妮是我上國中補習班認識的朋友。」

「當時的柳承翰可沒像現在這樣給人容易親近的感覺喔！」心妮神祕的說。

「不是吧！又要拿我以前的糗事來說？」

「是什麼糗事啊？」我盡量不露出吃味的表情。

「我想聽我想聽。」怡靚則是帶著想聽八卦的好奇。

「那時的承翰沒戴眼鏡，眼神看起來分外凶狠，留著一顆平頭，滿臉痘痘不說，還時常在課堂上嚼口香糖。當時我坐在他隔壁，以為他是小流氓，都不敢跟他說話呢！」

承翰連忙搭腔，「嚼口香糖是為了集中注意力，再說，有看過小流氓會認真上課的嗎？」

我們不禁被承翰的回答逗笑。

笑完，我一臉打趣的表示，「原來你們早就認識了，真好。」發現自己流露出羨煞的神情，我趕緊岔開話題，「這隻狗狗是班長養的嗎？」

「其實小花是心妮跟我一起養的狗。」承翰笑著表示。

我卻笑不出來，能一起養狗，是不是也就代表著感情要好到某種程度。而那種程度，對我是遙不可及的奢望。

「那你們在交往嗎？」怡靚突然冒出這句，嚇壞了我，也讓承翰和心妮驚訝的面面相覷。

「我們雖然常在一起，可是不是交往的那種關係。」心妮說。

怡靚像要打破砂鍋問到底，「可是你們一起養一條狗不是嗎？這不是情侶才會做的事？」

表面上我裝得泰然，但心底著實被他們的曖昧不明搞得內心一陣波濤洶湧。

「小花是我們一手救起的流浪狗，我因為家裡的關係不能養，才由心妮帶回去。我跟心妮約好，雖然我無法養小花，但要是小花生病需要照應，或是心妮沒空帶小花去放風，我都可以代為幫忙。」

聽完承翰講完這一段，我對他只有更加喜歡和欣賞。

「班長，我真的覺得你人好好。」怡靚搶先我一步。

「這點我可以作證，他不但人好，還是個說到做到的人喔！」心妮拍著承翰臂膀，笑著保證。

承翰難得露出一臉害羞的看向心妮，「妳再說下去，我就要不好意思了。」

「是我對你不好意思才對，這次害你沒辦法跟家人出去聚餐，上次也害你看不成電影。」

「反正聚餐天天有，再說電影，就算我不去，朋友也沒損失，他也是拿免費的票，再找別人一起看就好了。」

我愣了一下，承翰無意間透露的訊息，根本是上回我讓孫易傑約承翰去看電影那回。可是為什麼孫易傑卻要對我謊稱承翰是因為家裡來親戚才不能赴約？改天一定要好好審問他。

「你應該不會偷偷的在心裡嫌我煩吧？」心妮一臉抱歉。

「嫌煩的話我就不會來了。現在小花年紀大了，會生病也是正常的事，再說我也希望看到小花健健康康，更希望牠能陪我們久一點。」

「小花當然要陪我們很久很久，你剛剛抱好久了，手一定瘦了，換我抱吧！」

「好吧！」承翰把狗交給心妮時還不忘對小花說：「小花，哥哥手瘦了，換姊姊抱喔！」

心妮接過小花，承翰好自然的站在心妮身旁，兩人同時伸出手溫柔的撫摸著小花，時而相視時而微笑。這樣一個不經意的畫面，卻讓我內心感到一陣心痛，甚至有種鬱悶不快的感覺。

後來，他們在聊什麼我不是很在意，有種不該出現在這裡的沮喪。

「允安，班長他們跟妳說再見，妳沒聽見嗎？」怡靚提醒在發呆的我。

「喔，班長，拜拜，還有心妮。」

道別後的路上，怡靚突然神經大條的對我說：「允安，妳不覺得他們兩個站在一起很相配嗎？」

怡靚這番話簡直一針見血，即使我也曾一瞬間認同他們很合適，但承認了就真的很可悲了。

「不想回答妳的問題，我現在只覺得很沒力。」自卑感徹底耗損我那僅存的自信心。

「那等一下去吃飯吧！就有力氣了。」怡靚開心的表示。

「……不是這個問題。」這小姐，我不是除了吃之外，腦袋就沒有想法了。

「不然是什麼問題？妳知道嗎？沒想到近看蔣心妮本人，更覺得她身材纖細耶！真羨慕，不像我胖死了！」怡靚捏著自己的手臂跟大腿嚷嚷著。

又來了，瘦子的通病就是永遠覺得自己很胖。

「夠了喔！妳再說這種話是想氣死真正胖的我嗎？」我瞪她。

「好啦！別生氣，我突然想到一個好方法可以幫妳顯瘦耶！」

「什麼方法？」我狐疑。

「我想通為什麼蔣心妮看起來那麼瘦，因為她的膚色啊！妳想想看嘛！允安妳本身就皮膚白，白色是膨脹色啊！所以只要妳把自己曬黑一點，那不就可以顯瘦了嗎？再說啊！柳承翰本來就白了嘛！那……之所以他們兩人看來相配，有一部分也是因為膚色互補啊！」

我聽完大驚失色，好像也有那麼點道理。

「可是我真的很討厭曬太陽，只要站在太陽底下，不用五分鐘，我就會開始飆汗了。」

「那更好，曬太陽不僅可以攝取維他命D，流流汗還可以幫助瘦身，不擅運動又不愛運動的妳，最適合從曬太陽這種不費吹灰之力的事情開始做起。」

「真的嗎？」

怡靚猛點頭，「真的真的，相信我就對了。」

仔細想想，我從小就很白，好像真的沒有黑過，不知道曬成小麥色的我會不會真的像怡靚所說看起來比較瘦，儘管我真的很討厭曬完太陽後黏踢踢又溼答答的感覺，不過為了更好看的自己，為了讓自己跟承翰看起來更加合適，我願意一試。

「好，決定試了。」我握起拳頭，信誓旦旦的表示。

「有這種決心就對了，加油！」怡靚比我亢奮。

跟怡靚擊掌後，我躍躍欲試，決定找個適當時機，好好大曬特曬，最好曬成一個小 size 的游允安。

剛好這週國定假日連休三天，我在中午陽光最熾熱的時候，穿著小可愛背心和極短的短褲，躺在頂樓上大曬特曬，我甚至豁出去連防曬油也不擦，臉上戴著向大姊借來的墨鏡，耳戴隨身聽，想像自己像是在鐵網上的肉，每隔三十分鐘就自動翻面，直到日落，我才收工下樓吃飯。

第一天感覺日曬後皮膚有變健康的感覺，第二天皮膚顯得有點泛紅微微刺痛，第三天因為是最後一天，沒道理不貫徹到底，不顧皮膚反應出疼痛感，我堅持擁抱陽光，結果到了晚上，我馬上受到皮膚的反撲，是曬傷的報應啊！

只好去敲大姊的門向她求救，脫到只剩內衣跟內褲，我躺在大姊的床上呻吟，大姊拿著曬傷最好用的蘆薈，輕輕替我抹在紅通通的背上，我差點就因為感動和疼痛流下眼淚了。

「游允安，妳真的很蠢耶！我怎麼會有妳這麼個笨妹妹？」大姊邊抹邊訓話，其實我很想跟大姊回嘴說我不只笨，還是媽生下來的孩子中最重的一個，大姊跟二哥遺傳到爸爸都是瘦子，只有我遺傳到媽媽的易胖體型和粗骨架不說，連吸收都特好，簡直媲美某大品牌的吸收力特別還不外漏，但我不能在這個節骨眼嗆大姊，因為我的皮膚需要靠她拯救。

「對，我很笨。」我試圖裝可憐博取同情。

「知道自己笨就好，要曬太陽也該有個限度，哪有人像妳這樣蠢到曬傷？」完全沒有要同情我，姊又繼續唸我有多笨。

我不耐的說：「姊，別說了，妳只要回答我，我看起來有瘦一點嗎？」我語氣中滿是期望。

大姊卻是一陣爆笑，不停拍打我的背。我痛到無力逃脫，只能緊抓棉被一角，等待大姊暴風似的蹂躪過後，眼淚卻悄悄從我眼角滑落。大姊習慣性大笑時會打人這舉動，在她男友眼裡是可愛，在我眼裡卻是殘暴又可怕！

「妳可不要告訴我，妳想曬黑是因為以為自己看起來會瘦一點。」大姊提出疑問。

稍早洗澡的時候，水接觸到曬傷處，已讓我在浴室崩潰一會了，沒想到大姊的話更讓我崩潰。

「對啦！」我羞愧的奮力從床上躍起，迅速擦掉可悲的眼淚坦承，「我以為會瘦一點嘛！」

大姊翻了一個大白眼給我，「曬黑並不會顯瘦好嗎？再說妳身上沒曬到的地方都留有原本膚色，白一塊黑一塊簡直醜死了。」

我大驚，「那怎麼辦啊？這些痕跡什麼時候才會消失？」

「拜託小姐，這些都不是大問題吧！最重要的是……」大姊突然指著我的臉，憋著笑說：「是妳臉上的墨鏡痕吧！」

「墨鏡痕？」我還一頭霧水。

大姊拿來了一面鏡子，我一照，立刻石化，倒在床上，只差沒碎裂了。不過我相信承翰要是看到我這樣子應該也會心碎吧！

天啊！我不想他心碎。

為了粉飾臉上滑稽的墨鏡曬痕，我刻意戴上口罩，遮住口鼻部位去學校。

「允安，妳怎麼了？」

「是感冒了嗎？」

這引來了怡靚和雅琪不必要的關心，我不由得心虛，快快將她們兩人拉去女廁。

「其實我不是感冒啦！」我坦言。

「不然幹嘛戴著口罩？」雅琪困惑。

「咦，允安，妳的腿……是不是曬黑啦？」怡靚有所發現的問起。

既然怡靚都看出端倪了，我只好把口罩拿下來，哀怨的說：「妳看，都妳啦！騙人家說曬黑會顯瘦，結果沒有比較瘦就算了，我還曬傷。」

兩人看到我的臉，先是倒抽一口氣，接著超沒良心的捧腹大笑。

「怎麼會這樣？」雅琪笑到岔氣還不忘追問。

沒想到怡靚的話更傷人，「允安，妳臉上有副隱形墨鏡耶！」

我欲哭無淚，「還笑得出來啊妳們！我煩惱得都快死掉了。」

「允安，妳到底怎麼曬的啦？」怡靚想不透。

「我就是拚命的曬啊曬啊！本來想曬出漂亮的小麥膚色，結果方法不對卻適得其反。」

「好糟喔！」雅琪一臉同情。

「是啊！真的很糟，還好我後來想到解決的辦法，用口罩來遮掩不勻的膚色，不然我的臉兩個顏色這樣能看嗎？」

「難怪妳要戴著口罩，妳還是趕快戴上口罩比較好。」怡靚認真下了結論。

「什麼嘛！妳們就只會說風涼話還有笑我，難道沒有可以安慰我的話好說了嗎？」我扁著嘴抱胸，一臉不開心。

「允安，別氣餒，這只是過渡期，一段時間就會好了。」雅琪拍拍我的肩膀安慰。

「就是啊！允安，我跟雅琪會掩護妳，絕對不把妳曬傷的祕密公開給任何人知道。」怡靚只差沒有對天發誓地說。

「有妳們相挺，那我就放心了，謝謝妳們。」

「大家都是好姊妹，客氣什麼啊！」怡靚表示。

「就是說啊！」雅琪很有義氣附和。

記得網路上有這麼一句名言，「真正的好朋友就是在你跌倒時先笑你一頓，在扶你起來同時送上最真心的關懷」，於是我在想，她們兩人一定是我真正的朋友，只有真正的朋友才不會隱藏自己真實的情緒和想法，會把最真那一面呈現出來，即便有時候會讓妳哭笑不得，卻不足以影響到妳們的好交情。

見證友情的堅貞後，我們開心的手勾手要走回教室，卻在走廊那端碰見了承翰。我立刻放開她們兩人的手，心虛的確認著臉上的口罩，深怕一個沒戴好，會被承翰看見我兩個顏色的臉。

「安，妳怎麼戴起口罩來了？」

承翰突然的關心，讓我不知所措。

「因為允安感冒了。」怡靚替我回答。我感激的看向怡靚，怡靚朝我使眼色，

「允安，妳咳嗽好點了嗎？」

對了，我得裝裝樣子。

我馬上咳了兩聲，「還……還可以。」

「什麼還可以，我看妳剛剛咳到都快把肺咳出來了。」雅琪誇張的形容。

結果得到了承翰很好的反應，承翰有點擔心，蹙起了好看的眉頭說：「安，如果妳真的很不舒服，我可以幫妳跟老師說，好讓妳早退，早點回家休息。」

「沒關係，我還可以。」承翰所看不到的是我口罩底下因開心而顫抖的嘴角。

「那好，妳不要太逞強喔！」他溫柔叮嚀。

「知道了，謝謝班長。」如果不是口罩蓋住，早就洩漏我臉上的紅暈了。

「快回教室自習吧！我要去辦公室一趟。」

「好。」

承翰對我微笑後，快步從我身邊擦肩而過。我反射性的回頭看他背影，單單如此，我就覺得幸福萬分。為承翰做的一切努力都很值得，儘管這些試驗最後都宣告失敗，不過我很開心，不單單是他關心我，對我笑，在我身邊短暫停留的那幾秒，這些都將成為我生命中最美好的記憶。

「好好喔！有班長關心妳。」怡靚曖昧的拿手肘輕碰了我一下。

「哪有啊！」我立刻羞赧的推怡靚一把，臉上早已堆滿幸福笑靨。

「真好，為什麼阿克學長偏偏是學長，如果是同班同學那該有多好，我就可以天天見到他了。」雅琪咕噥著。

換來我跟怡靚不約而同的說：「誰叫妳要喜歡學長？」

為了這超好默契，我們還開心的相互擊掌。

雅琪哼了一聲，「你們不懂啦！學長最帥了。」

我跟怡靚互瞄一眼，心照不宣的丟下雅琪，搶先跑回教室。

腳長的雅琪馬上逮住我們，在教室門口笑成一團後，才甘願回到教室自習。

雖然怡靚跟雅琪很肝膽相照的替我維護祕密，讓我很放心，但也因為感冒的這個謊言，我必須一直戴著口罩佯裝是生病。

為此，吃東西和喝東西都非常不方便，偏偏又不能光明正大把口罩拿下來，中午甚至還得讓她們兩人陪我到人煙稀少的操場樹蔭下吃飯，然而天生怕熱又容易出汗的我，還得戴著既不通風又不透氣的口罩走動，無疑是種折磨。

更折磨的是體育課慢跑兩圈下來後，我差點就不能好好呼吸了，嘴裡吐出的盡是熱氣，熱氣又從鼻腔裡被吸回。反覆循環受熱下，口罩底下早已不知匯集了多少汗珠。

好想把口罩拿掉啊！好想呼吸新鮮空氣啊！

這麼一想完，趁大夥都在練習籃球時，我跑到騎樓底下，拿下口罩一邊大口呼吸一邊迅速抹一抹臉上的汗，正當我偷得痛快覺得自己活過來了，孫易傑突然從男廁走出，與在女廁前的我撞個正著。我嚇了一大跳，根本來不及戴回口罩，孫易傑見到我的臉，先是疑惑準備做出反應時……

「原來你跑去上廁所喔！」背後傳來承翰的聲音，我嚇得趕緊要戴起口罩，誰知道一個情急，手一抖，口罩落地。我想去撿，口罩順著風被吹飛遠。我馬上去追口罩，引來承翰注意，還朝我走過來，「安，妳怎麼在這，沒去打球？」

完了，我趕緊把頭低下，覺得一切都要東窗事發，要是孫易傑這時候又肆無忌憚嘲笑我的臉……

「口罩幹嘛不戴好？」孫易傑把撿回來的口罩快快塞進我手裡，我感到意外的看向他，同時他已經背對我，頑皮的將承翰拉走，「找我幹嘛？要請我喝飲料啊？」

「忘了跟你說，等會下課我要去辦公室找老師，不能陪你一起去還球。」

「好吧！我只好展現我英勇的一面自己搬了。」

「又不是多重。」

「對啊！比你還輕。」

「你說這不是廢話嗎？」

「哈哈哈。」

兩人笑嘻嘻的離開。

好險，差點就穿幫了。真是沒想到孫易傑居然幫了我？真讓我大感吃驚。

看來以後就算怎麼急，為了不冒風險，也只能在廁所裡脫口罩了。

下課鐘一打，大家急奔福利社去買清涼的飲品，我不免俗的也要跟著大家前往福利社，孫易傑突然卻叫住了我，說是有忙要請我幫，我只好叫怡靚跟雅琪先走。

「要幫什麼忙啊？」我困惑。

「幫我一起抬籃子去體育室還球。」

我詫異，「你這叫要展現英勇的一面嗎？」

「幹麼偷聽我跟老柳的對話？」

「拜託，我才沒有要偷聽，是你自己講話太大聲好不好？」

「好好好，妳理由都對，趕快抬起籃子另一邊。」

我不禁埋怨，「都不怕別人會以為你在欺負我這個感冒的人？」

他氣定神閒，「妳還敢說？感冒根本是個幌子吧！」

我當場驚慌，卻假裝泰然，「那你難道不想知道我為什麼裝病嗎？」

他想也沒想地說：「不想。」

「什麼？」我反倒有點訝異。

「如果妳那麼想告訴我，我可以勉強聽一下。」

我咕了一聲，「如果你以為這麼說，我就會上當告訴你，那你就錯了。」

「那妳的臉到底幹麼了？」

「就是曬太陽過度啊！」

說完，我愣住，孫易傑則計謀得逞的哈哈大笑。

「妳這不就說了？」

可惡啊！我上當了。

「要我，你好像很開心？」

「我有嗎？我只是困惑妳沒事把自己曬得怪模怪樣。」

「什麼怪模怪樣，我只是想說，曬黑會讓我看上去瘦一點。」

孫易傑當場爆笑，我只能停下來等他笑完。

「那種謠言妳也聽信？」

「難道你不會想讓自己變得更好更帥，好吸引心妮多一點注意嗎？」

他的笑容馬上不見，反而被詫異取代，「妳做這些蠢事都是為了老柳嗎？」

「別小看這些蠢事，我可是很認真的去做，再說，這些事將來都會變成好玩的回憶。」我說給他聽，同時也是在說服自己，傻也是代表青春的一種過程。

孫易傑給我一個不以為然的眼神，接著繼續抬著籃子往體育室移動，「知道是蠢事還要去做，妳果然是個笨蛋啊！」他完全不給我面子。

「說我笨蛋！你才笨蛋，而且是沒有危機意識的笨蛋，難道你不知道承翰跟心妮早就認識，而且交情還不錯？」我直截了當的說，只想他給我一個合理解釋。

「我知道啊！」他答得迅速。

我傻住，接著一股腦兒的迸出疑問，「你知道為什麼不跟我說一聲？而且現在想想，我們成為盟友也很奇怪吧！既然承翰跟心妮認識，你為什麼不直接叫承翰幫你牽線就好？」

「因為我就是不想靠柳承翰幫忙啊！」

我笑他，「喔，原來是為了自尊啊！」難怪孫易傑會拉不下臉來請承翰幫忙。

「再說，我也不想給老柳知道我喜歡蔣心妮的事。」

「為什麼啊？你們不是很好的朋友嗎？」

「朋友再好，有些事情還是沒必要說出口，因為妳不曉得當妳說出這些話，是不是有可能造成不必要的麻煩和誤會。」

我似懂非懂的點點頭，總覺得孫易傑有時候成熟得讓我雞皮疙瘩掉滿地。

「照你這麼說，那我們應該不算是朋友吧！你不該說的都跟我說了，你該說的也不客氣的全跟我說了。」

他看了我一眼，「那是因為妳只是盟友。」

孫易傑回答的很坦白，我卻有點受傷。說到底，像我這樣的女生，異性連跟我做朋友都興致缺缺。像孫易傑這樣算是有異性緣的男生，怎麼可能主動接近跟我做朋友，要不是他抓住我喜歡班長的把柄，莫名其妙跟我訂下互相幫忙追心儀對象的約定，不然我敢肯定，即使我們當了三年的同班同學，最終他還是不認識我，甚至畢業後搞不好還不知道班上曾經有這樣一個我。

既然他挑中我當他的盟友，這也代表我是個可靠、值得信任的人吧？那好吧！看在他這麼有眼光的分上，我就好好扮演盟友這個角色。

「那你是不是更應該好好巴結我這個盟友，事關你戀情的成敗，說什麼你都得對我這個盟友好一點，對吧？」我賊賊的提出建議。

「那要怎麼個好法？」他還當真問了。

我端起架子來，「這個嘛！我改天想到再跟你說。」

一起把籃子抬進體育室歸位後，他想到什麼似的提，「除了請妳看電影之外，其他我都答應妳。」

「什麼意思啊？」

「因為請妳看電影很浪費啊！妳都會睡著。」

這傢伙！還在取笑我上次不小心看到睡著的事。既然他那壺不開提那壺，那我就利用這個機會提出我的困惑。

「說到這個，上次承翰明明就是陪心妮帶狗狗去看醫生而不能來赴約，你幹嘛騙我說是他美國親戚回台灣而走不開？」

「原來妳都知道啦！」

他那泰然自若的樣子是怎麼回事？

「要不是我上次在動物醫院遇見他們，我也不會知道承翰跟心妮早就認識，更不會發現你有多無聊，居然還說謊騙我？」

「很簡單啊！就是怕妳胡思亂想。再說，很多事情本來就要靠自己去發現啊！」他理所當然地說。

哪來的歪理？

「等等，既然我們說好要當盟友，首先就要講好不能欺騙對方，如何？夠簡單又夠合理吧！」

「難道妳不知道最簡單的才是最困難的嗎？」

我咋舌，「不然你還想騙我什麼？」

「這個嘛！看妳的表現囉！只要妳表現好，我就會對妳誠實。」

什麼跟什麼，這種要求我這輩子沒見過！

在我勤敷美白面膜兩個星期後，色差終於調回來，臉上不再是黑白兩色，而我也終於可以拿掉口罩大口呼吸。

雅琪跟怡靚早就在穿堂等我一起進教室。我趕緊小跑步跟她們會合，她們一看到我終於沒再戴口罩，連謝天謝地都脫口而出。她們會這麼有感觸，是因為她們終於解放，中午不用再大老遠陪我去操場揮汗如雨的吃飯了。

雅琪感慨，「今天終於可以在教室裡舒舒服服的吃飯了。」

「就是啊！我跟雅琪期待已久的小確幸。」

「連小確幸都跑出來了，妳們兩個真的很誇張耶！」我嘴上雖然這麼說，其實心裡很開心有她們這兩個好友作陪。

「是妳才誇張吧！」雅琪跟怡靚好有默契的翻了我一個白眼。

我馬上挽起她們兩人的手，「好啦！好啦！不會再讓妳們陪我去操場吃飯了。」

「早啊！」承翰突然出現在我們身旁向我們打招呼。

「早、早安。」我感到心滿意足，能這樣跟承翰道聲早安，才是真正的小確幸。

「安，妳感冒好囉？」承翰注意到我沒戴口罩了。

「是啊……我好了。」

我這麼說完，雅琪跟怡靚兩個人就在旁邊偷笑。

「那就好，好好保重身體。」

「嗯，謝謝。」

承翰走遠後，雅琪跟怡靚終於忍不住大笑。

「什麼好好保重身體嘛！應該是好好保重皮膚吧！」

「就是就是，不知情的班長真的好可愛。」

「喂，妳們！」我扳起臉孔。

「開個玩笑嘛！再說，班長好關心妳耶。」

「真的真的，好羨慕喔！」

「還好啦！」我開心得整個人都要飄起來。

這種飄飄然的狀態，一直持續到早自習結束。

班導突然上台，宣布班上即將各推派一名男女同學去參加招生廣告的選拔，成功獲選後將成為替學校招生的活招牌，換言之等同是明星級的同學。

大概是明星光環太強大，大家都一致認為必須是成績很好，不然就是要外貌佳，以致於都沒人敢舉手自薦。班導看同學都這麼害羞，甚至還鼓勵大家要勇敢的秀出自己。結果承翰居然舉手了，馬上得到同學的鼓掌叫好，班導似乎也很滿意由班長去角逐這項榮耀。

剩下女主角尚未確定。其實班導應當讓同學舉手推薦，但他卻主張勇敢秀自己的一套理論，大家你看我，我看你，眼看就要錯過下課時間。

怡靚突然從座位上轉過頭來示意我舉手參加。我當然不敢，雅琪也連忙加入說服我的行列，最後怡靚像是被我氣壞似的，居然拿起立可白朝我丟擲過來，我本能的舉起手來擋，沒想到這一擋……

「太棒了，允安同學自願推薦自己，讓我們替她掌聲鼓勵。」

我連忙起身想跟班導及班上同學澄清，下一秒馬上迎來了同學們的熱烈掌聲加尖叫，不知道是在佩服我的勇氣，還是在笑我異想天開。

然後呢？然後我很希望這是一場夢。

我站在班級布告欄前，看著招生廣告男女主角的選拔說明單，越看我越是心慌，認真覺得這不只個夢，還是個噩夢。

「具備陽光開朗性格，並且上相的男女同學，歡迎勇敢秀自己替學校招募更多新血。」雅琪唸出很重要的一行，我卻覺得一股無形的壓力朝我撲來。

「妳們覺得我有陽光開朗又上相嗎？」我好懷疑地問。

她們想了好一會才有共識的說：「呃，允安妳有開朗這一項。」
「那上相呢？我這樣能跟制服美少女扯上邊嗎？」
雅琪跟怡靚從腳底開始打量我。兔子看了都想咬一口的蘿蔔腿，過長不俏麗的裙子，寬鬆沒美感的制服，總是打不好歪一邊的領帶，毫無漂亮可言的滑稽爆炸頭。
「允安，別說扯上邊了，妳跟美少女根本毫無關係啊！」雅琪好傷我心的說。
我馬上抱著頭呻吟，「光上相我就不行了，為什麼要讓我去自取其辱？」
「允安，冷靜一點，距離選拔會還有一個月的時間。」怡靚試圖要我冷靜。
「那又怎麼樣？」
「還有時間改變啊！」
「一個月哪夠我做什麼改變？」我乾脆自暴自棄，「不行，我還是去找老師說清楚，說我沒辦法勝任。」
她們兩人連忙阻止我。
「就拚了嘛！難道妳不想跟班長一起拍廣告嗎？」雅琪說。
我這才稍微恢復冷靜。
「妳不是一直很想讓班長注意妳嗎？這正是最好的機會啊！而且又能在他面前展

現最好一面的自己，萬一妳還真不小心當選為女主角之一，妳又能跟他共創一個美好的記憶耶。」

怡靚丟出了一個甜美到不行的誘餌，我差點要上鉤時，理智突然讓我踩剎車，「可是學校漂亮的女生這麼多，我根本不行嘛！」

「不試試看怎麼知道行不行？」

「我肯定是裡面最重量級的，好丟臉。」一想到這，我馬上又抱頭呻吟。

結果承翰不知道何時走過來，好奇的說，「什麼好丟臉？」

我馬上一嚇，退到一旁，不敢看承翰。

「允安擔心自己當不上招生廣告女主角會很丟臉。」結果是怡靚替我發言。

「原來是這樣，就當好玩吧！這也是一個有趣的經驗。」

「有趣的經驗嗎？」我這才敢抬起頭看承翰。

「嗯，老實說，剛剛看到安舉手說要參加，我還滿開心的。」

「為什麼啊？」

「因為有妳陪我一起啊！」承翰衝著我笑。

如果可以，我可以視那句話為告白嗎？天啊！我的心臟跳好快。

我突然宣示，「我絕對會勇敢參加的。」

「加油喔！」他最後說。

不知道這時候的我眼睛是否閃閃發亮，但我決定，從這一刻開始，我要為我所喜歡的人閃閃發亮著，直到他注意到我的光芒，明白我的重要性為止，在那之前我絕對會好好加油，期待他同樣為我閃閃發亮的那天。

確定要給自己一個機會，在喜歡的人面前閃閃發亮，在雅琪跟怡靚建議下，放學後，我馬上跑到圖書館借可以幫助我變美又變瘦的相關書籍。

我從書架的空隙中，看到一個讓我好驚喜的畫面。是承翰，他也來到了圖書館，我為我們的好默契感到欣喜。

自從喜歡上承翰，我特別喜歡往圖書館跑，幻想著能和承翰不期而遇，但結果往往都令人失望。沒想到我認真要來借書，卻真的無預警遇到承翰。

這是個好兆頭，我忍不住想。

放下書包後，承翰專注的在簿子上寫東西，完全沒發現到我正看著他。我從書架中走出，想著應該跟他打個招呼，每走向他一步，我的害羞就遽增，有好幾次我都想乾脆躲起來偷看他就好，最後我還是硬著頭皮站到他面前，生澀地舉起手跟他說嗨。

「安，好巧，妳也來圖書館？」

「對啊！好巧。」說完這句，我居然詞窮，我都豁出去跑來跟承翰講話了，怎麼可以浪費這個大好機會？於是我暗暗把手背到後面，拿右手捏了左手一把，振奮士氣後，我佯裝好奇問：「班長，我看你好認真的樣子，你是來圖書館念書嗎？」

發現我在偷瞄他簿子上寫的字，他難得露出難為情的表情，匆匆把簿子給闔上，「其實我不是來念書，真要念書的話我都會在家。」

「那是來看書囉？」

「也不是，想看書的話，我通常會去書局。」

「為什麼？這邊看不是更好？」

「因為書局有最新出版的書，還會提供國內外暢銷排行版，如果我看了有喜歡的就會買回家作為收藏。」

「原來如此。」我的好奇還是沒被滿足，「可是你不是來念書也不是來看書，那會是什麼？而且我剛剛看你好像在寫東西的樣子。」

他看了我一眼，朝我比了個噓的動作，「這是祕密，妳能答應幫我保密嗎？」

我馬上感到一股狂喜朝我腳底直衝腦門。但我不能表現得太明顯，只能假裝冷靜，忠誠的表示，「好，我會幫你保守祕密。」

「那好。」他示意我坐在他身旁，只有我知道自己心跳得有多快。他把簿子翻到第一頁，密密麻麻的都是字，看起來好像是一篇故事。

「其實我有在寫小說，希望將來能夠寫一本讓人感動的小說。為了不被打擾，我喜歡來圖書館寫小說，順便拜讀其他作者的作品尋找靈感。」

我又驚又喜，「哇！你在寫小說？感覺好厲害喔！」

「厲害倒不至於，我現在也還在摸索的階段，只是不知道將來能不能達成出書的願望。」

「你一定可以的！如果哪天你真的出書了，我一定要第一個當你的書迷。」

聽說，會寫小說的人心思都特別細膩，原來我眼前喜歡的承翰，還是個不折不扣的文青，也難怪承翰比起一般男生有書卷氣，而我正是因為他的獨特，深深感到著迷和崇拜。

「那就這麼說定了喔！」承翰好開心的說。

「絕對不跳票。」我笑著承諾。

「謝謝。」承翰笑著笑著突然收起笑臉，感性說起，「我還以為妳會嘲笑我這個奇怪的夢想。」

「怎麼會奇怪呢？作家是聽起來很酷的職業，再說，有夢想是一件很棒的事，不像我沒什麼夢想。」

「我想妳只是還沒找到而已，等妳找到，就有努力的目標了。」

「希望有那麼一天。」我說。

「我相信妳會有的，安。」承翰這麼對我說。

有股暖流彷彿從我心裡流過，連我自己都不太確信自己的未來，他的一番話，卻讓我覺得未來充滿無限可能。

「要是我能替你的夢想幫上什麼忙，你就儘管開口，雖然我腦袋沒有比你聰明，但如果我能幫上忙，那樣我也與有榮焉。」

「安，謝謝妳，有妳這麼挺我就夠了。」

「班長你不要跟我客氣。」其實我想跟他說的是：我很高興他能跟我分享祕密。

只有朋友才會分享祕密的，對吧？

光想像他把我當朋友，我就不自覺的在心裡樂開了一朵花。

「說也奇怪，自從我當上班長，好像就很少人會喊我的名字了。」

我困惑，「你不喜歡被叫班長嗎？我以為跟大家一樣喊你班長比較親切。」

「沒這回事，我還是比較喜歡大家喊我的名字，感覺班長就代表著責任，妳想想，如果有個人一直提醒著妳的責任，是不是有點可怕？」他幽默的表示。

「我倒是沒想過，不過現在知道了，那從現在開始我就喊你名字囉？」

承翰一副邀請的口吻說：「請便。」

我壯起膽子不假思索地喊了一聲，「承翰。」我喊第一聲的時候，他挑起了一邊眉頭，我接著喊第二聲，「承翰。」他一臉困惑樣，最後我乾脆喊他全名，「柳承翰。」

他忍不住噗哧一笑，「喊我的名字有這麼好玩嗎？」

我困惑，「你不是說請嗎？」

「但我指的不是現在，而是讓妳有事再喊我的名字。」

「是嗎？」會錯意的我滿臉尷尬。

「跟妳開玩笑的，別放在心上。」

「原來是跟我開玩笑。」我這才鬆一口氣，還以為他會覺得我是個邏輯不好的笨蛋。

「對了，安，以後我能找妳幫忙看我寫的小說嗎？」承翰突然問。

我好驚喜，「當然可以，我求之不得。」

「有妳幫忙先讀過，就能知道故事哪裡需要加強跟改進。」

「不要那麼說，只要你不嫌棄我這個外行來幫你看，可以免費看故事，又能幫上你的忙，我反而高興。」

「安，有妳這朋友真不錯。」

「是嗎？」我馬上害羞，覺得氣氛正好，便好奇的問起，「不過，你打算寫什麼故事呢？」

「等我寫到差不多再拿作品給妳看，妳就能明白了。」承翰故作神祕的說。

「好，我等你。」

「那，我繼續寫故事了。」他微笑的看著我，我也微笑的看著他，接著他拿起筆又微笑的看著我，我又抱以微笑看著他，後來才發現，他好像是在表達需要一個人靜下來書寫的意思。

我不禁臉紅，「其實我差不多也該走了，不打擾你寫故事了，加油喔！」

「好，拜拜。」他揮揮手說。

跟承翰道別後，我帶著滿臉愉悅，以及滿滿的信心跟力量離開了圖書館。

如果承翰的夢想是成為作家，那麼我的夢想便是讓自己變漂亮，好讓他注意到我。決定把這次招生廣告女主角的選拔當成一個賭注，期待承翰看到我變漂亮後為我怦然心動的情景。

試圖在最短的時間內減掉身上多餘贅肉，我採用了非常極端的減肥方法：一天只吃中午一餐。開始實施的第一天，我餓得飢腸轆轆，甚至在餵比比吃狗餅乾的時候，我差點就要受不了誘惑偷吃一口。

每隔幾分鐘肚子就會提醒我餓了。為此，我也只能狂喝水裹腹，為了要杜絕客廳裡的餅乾跟零食誘惑，我甚至還躲到房間裡耍自閉，又讓自己早早爬上床，進行「我不餓」的自我催眠，忍住半夜起床尿尿想順便偷翻冰箱的衝動，實際貫徹睡著就不餓了的精神，卻偏偏連作夢裡都夢見我在吃大餐，醒來卻是好一陣的空虛跟低落，我還得捱到中午才能吃……

這樣殘忍的減肥法，讓我一天就掉下一公斤。為此，我天真的想，如果一天只吃一餐能掉下一公斤，那麼我只要辛苦十天，就能瘦下十公斤了，嘿嘿。

於是我繼續極端的減肥法，每天一早先上電子體重計，記錄自己又瘦了多少。我從一開始興奮的站上體重計，變成理所當然要瘦下一公斤，到如果沒照著一公斤的進度走，我就會憤恨，因為我是如此挨著餓，痛苦力抗許多美食的誘惑。

然後我變得很沒精神，說話也變得小聲，專注力不足，對事物都感到興趣缺缺，只把減肥當成生活重心。空腹的時候，更容易心情煩躁、情緒低落，雅琪跟怡靚也發現我的臉好像有變小一點，卻也指出我臉色看起來不是很好，失去光澤不說，甚至還有一點乾燥跟蠟黃。

我當然沒當成一回事，繼續自虐的減肥法。

直到例行體檢的這天，在測量體重時，一星期內我成功瘦下了五公斤，雅琪跟怡靚大為驚嘆的反應讓我很滿意。最後要去抽血時，當針筒一插入我的血管，抽了一小管血，我從椅子上站起來的瞬間，突然眼前一片暈眩。周圍的人聲突然變得嗡嗡嗡，所有人在我眼裡都成了慢動作，痛苦和害怕緊接著襲來，最後是怡靚和護理人員發現我的不對勁，等我回過神來，才發現我在承翰的背上。

承翰正帶著我去保健室。還來不及好好感受承翰背上的溫度，我就狼狽且虛弱的躺在床上了，承翰把我交給護士阿姨，由怡靚代為照顧，他要我好好休息便先離開。

護士阿姨問我有沒有吃早餐，我搖搖頭，怡靚大嘴巴的表示我在減肥，護士阿姨指出，偏激的斷食不但會讓身體吃不消，將來復胖也會更迅速。她說我這次差點暈倒，就是血糖過低又加上抽血導致。護士阿姨要怡靚去買點東西給我吃，孫易傑突然自告奮勇要去買，原來孫易傑也有跟來，天啊！那傢伙又不知道要怎麼笑我了。

「快吃吧！」孫易傑遞來了一個巧克力麵包和巧克力牛奶。

為什麼偏偏都是巧克力，那些熱量很高的，我不安地想。

「我等一下再吃吧！」但其實我根本不想吃，想著再撐一會兒，等到中午我就能吃飯了。

「允安，易傑都買來了，妳就趕快吃吧！這樣才有體力，才不會不舒服。」

孫易傑看我不為所動，甚至還幫我把袋子拆開，把調味乳的吸管給插好，「喏！」他把這兩樣東西直接塞到我手裡。

為什麼他們就是不懂我的心呢？我這麼努力，如果我這時候破戒吃了早餐，那我前面的努力又算什麼呢？我越想越不高興，直接把麵包跟調味乳擱在櫃子上。

「我不要，我現在沒什麼胃口。」

但其實我都聞到了，巧克力牛奶跟麵包的香味，一個星期沒碰了，我卻覺得那香味像一世紀沒聞過漫長，該死的誘惑著我的身心靈。

結果孫易傑好冷淡的說：「為什麼不吃？難道是為了那可笑的招生廣告女主角選拔？」

「那一點也不可笑，如果你知道我有多努力，你就不該說我可笑。」我伶牙俐齒的回應。

「那我問妳，妳這樣瘦下來，有比較好看嗎？」沒想到孫易傑無情的話語更教我受傷。

「易傑，你不要這樣說允安啦！她其實有自己的原因……」怡靚刻意為我保留我喜歡承翰的事，但其實孫易傑早就知道這件事了。

「不就是因為想跟柳承翰一起拍廣告嗎？這種事有那麼了不起嗎？要這樣虐待自己的身體？」

一股委屈湧上心頭，我馬上眼眶泛紅，「是沒什麼了不起，可是對我來說卻是很重要的一件事，你沒有努力過，你怎麼會懂？」

孫易突然傑靜默了，怡靚也不知道該怎麼化解這冷冽到不行的氣氛。我和孫易傑大眼瞪小眼好一會兒後，孫易傑首先放軟了語氣跟態度，他重新把麵包和調味乳拿回手上。

「我向妳道歉，對不起，我不該說妳的認真跟努力都是玩笑……」孫易傑莫名的表示。

面對孫易傑的坦然道歉，我著實嚇了一跳，以致於不知道該講些什麼話。

「允安，易傑都跟妳道歉了，就不要跟他生氣了。」怡靚不忘打圓場。

其實在孫易傑道歉後，我就不生氣了，反而覺得我剛才對他說話的語氣有點重。

「但我想妳應該要知道一件事，真正用心的去喜歡一個人，是不會在乎他外表美醜的。」他再一次把麵包跟調味乳遞過來我面前，「如果妳怕吃太多會胖，那妳挑一個來吃就好。」

大概是被孫易傑真誠關心的模樣給感動，麵包和牛奶我都收下了。我邊吃一口麵包邊配一口牛奶，眼睛還邊流著淚，也不管怡靚跟孫易傑會怎麼看我，我再也隱藏不住飽受折磨情緒的翻騰。

除了破戒的愧疚感，久違的巧克力麵包跟牛奶真的過分美味。

「真的……好好吃。」我滑稽的邊笑邊哭說著。

怡靚跟孫易傑都被我逗笑了。

「允安，妳吃到都滿嘴巧克力了。」怡靚拿出面紙幫我擦拭。

「這樣才像游允安。」孫易傑沒頭沒腦的說。

我把整個麵包吃掉，不忘堅持地理念，「我可以放棄偏激的斷食法，但是我不可能放棄想減肥的念頭。」

「沒人叫妳放棄啊！妳只要知道減肥得用正確而且健康的方式就夠了。」孫易傑說。

我不禁困惑，「什麼叫正確且健康的減肥方式？」

「這個嘛，我媽是減肥老手，我回家再問她祕訣。」

我高興的立刻從床上跳下來，連鞋子都沒有穿，欣喜若狂差點要抱上孫易傑的同時，我趕緊把手縮回來，只用手點了他肩膀兩下表示感激。

孫易傑愣了一下才回過神，彷彿突然想起什麼似的一臉驚慌，「完蛋，我差點忘了還有一項體檢還沒做，先閃。」

說完，他急急忙忙要走，沒注意到一旁的桌子，膝蓋碰撞到，發出巨大聲響。原本孫易傑想裝不痛耍帥的離開，最後還是忍不住按著膝蓋跳走。

我和怡靚面面相覷，被孫易傑滑稽的模樣逗笑了。

隔天孫易傑好有效率的轉交孫媽媽的瘦身清單給我，上面不僅有標註三餐怎樣吃得低脂又健康，更有睡前運動的參考，全是一些容易上手又簡單的運動，又可以幫忙雕塑體型。這張清單無疑幫了我大忙，不用挨餓又能瘦，簡直深得我心。

但時間緊迫，我除了按照清單上的方法做，晚上吃過水果餐後，我便帶著毛巾去公園慢跑三十分鐘，再花了三十分鐘做運動設施。就這樣，日復一日，夜復一夜，雖然辛苦，心裡卻很踏實，每當我更輕盈一點，我就更有自信。

終於到了要選拔前的那個週末，早上雅琪帶我去市場找她阿姨挽臉加修眉，下午怡靚則帶我去找她的髮型設計師重新燙過頭髮，晚上大姊還拿出她寶貴的火山泥面膜幫我保養。

自從上次體檢後，我就再也沒有量過體重，雅琪跟怡靚也在一旁屏息以待。當我站上體重計，發覺自己終於達到標準體重，完成瘦十公斤的目標，我高興得直拉著她們又叫又抱，覺得一切辛苦跟折磨都沒有白費。

到了決定性的這天早上，我打理好全新的自己，在踏進班上那一刻，我其實很緊張，不曉得大家會怎麼看全新的我，最重要的是，承翰會怎麼看我。

大概是我變化太大，班上同學還愣了好一會，接著聲音從四面八方傳過來，「她真的是游允安嗎？」「怎麼好像變了一個人？」甚至還有「靠，變正了耶！」「挖塞，真的是同一人嗎？」

不同於班上同學的反應，坐在我隔壁的孫易傑倒是出奇冷靜，對我的改變居然無動於衷，好像我還是從前那個游允安。最後還是我自己按捺不住，問起孫易傑對我改變後的看法。

「你……覺得我怎麼樣？」我刻意挺直身子站在他面前問。

「什麼怎麼樣？」

「就是你覺得我哪裡有改變？」

「頭髮終於變正常了。」

我氣到當場不想跟他說話。

沒錯，從爆炸頭變成柔順的離子燙是有改變，但，孫易傑這個爛眼睛，看不出來我瘦了嗎？好歹誇一下我變瘦了，或是跟我炫耀孫媽媽給的減肥清單有多猛，結果他只是注意到我的頭髮。

「那你覺得我會獲選為招生代言人嗎？」我又換個方式問。

「現在這樣子不是比真正獲選還有收穫嗎？」他反問我。

我還在疑惑孫易傑這番話是不是在誇獎我，承翰就出現在我眼前。今天的他看上去特別不一樣，換上隱形眼鏡的承翰不但更有魅力，還更加酷帥。

承翰對我笑，「安，走吧！去禮堂集合了。」

「好。」不知道心臟一直跳這麼快會不會出事？

到了禮堂，早已聚集一、二年級參選的男女同學，放眼望去不是俊男就是美女。

我突然覺得莫名緊張，而在這之中，我猛然注意到心妮也在現場。

心妮首先發現了承翰，後來才注意到我。心妮說我變漂亮了，被美女稱讚漂亮，說實在滿害羞，卻也挺有成就感。

候選人一個個被評審叫上台，被叫到的同學必須自我介紹，擺幾個 pose，大部分的同學都很外放，姿勢擺得有模有樣不說，即使是怪模怪樣也不怕人笑。

到承翰的時候，他帶著書本上場，或坐或站擺了幾個清新又有型的 pose，我差點就為承翰又帥又聰穎的模樣尖叫了，心妮則因為亮麗外表一站上台就博得歡呼，擺了幾個充滿朝氣的動作後，迷倒了台下一票男同學。

輪到我的時候，因為羞赧，活潑不起來，太多雙眼睛盯著我瞧了，我連比「耶」都覺得萬分困窘，只敢把手背在身後，傻楞楞地看著評審老師笑，老師們很好奇，我報名表上的照片跟我現場的模樣有出入，我才跟他們坦承最近有在偷偷減肥。結果評審老師和同學都笑了，老師們大力讚賞我對這活動的重視，因為我擺的動作實在太不自然，老師要求同班的承翰跟我一同擺 pose 合照，一開始因為害羞頻頻ＮＧ和笑場，後來在承翰的帶領下，我已經進步到可以跟他背靠背看著鏡頭微笑，好幾次心臟劇烈跳動到不敢呼吸，世上大概沒有任何言語能形容這樣的怦然心動。

評選結果是當場出爐，果不其然承翰跟心妮都有入圍。原本以為既不活潑又沒特色的我會落選，結果評審老師居然讓我入選了，原因是，他們一致認為青澀跟認真本該是一個學生的樣子，我的害羞和青澀，在他們眼裡反而是特色。

幾天後，我跟承翰和心妮，以及其他三位同學，拍了好幾組招生廣告用的照片，其中有一張，我們六人穿著制服抱著書本看向天空，被選出來張貼在校車的車體上。每當看到照片上的自己，我都忍不住要害羞。

孫易傑每次都笑我照片比本人好看，我的回應一向就是追著他打，不過也是多虧了孫易傑的幫忙才讓我成功瘦身。

其實在拍攝招生照那天，承翰跟我在走回教室的路上，他說了一句耐人尋味的話，他說我的改變讓他驚歎，也更加深念頭想認識全新的游允安。

而我在想，這絕對是我跟承翰最美好的開始，也是我心靈最好的養分，希望暗戀早已長成一棵大樹的那份心情可以傳達給承翰，不單單是我守著這份心意，而是希望將來能開出一朵名為幸福的花。

這天，承翰主動打電話邀約我出來，說是要讓我看他寫了一半的作品。

我欣喜若狂，盼望已久跟承翰的單獨約會終於來臨了，為此，我還大肆打扮了一番。

準備過馬路跟承翰會合時，承翰坐在店外，也發現了我，迫不及待隔著馬路跟我揮手。瞬間被他的熱情給感染，雖然有點不好意思，我也舉起手回應他。

一坐定位置，承翰就問我要不要點蛋糕或飲料，他買單。這行為無疑又惹得我心頭一陣小鹿亂撞，很享受這猶如女朋友般的待遇。

盛情難卻之下，我只要了一杯水果茶，結果承翰又加點了一個提拉米蘇給我，感到驚喜之餘，承翰跟我說了一個關於提拉米蘇這甜點名稱的由來。

「安，你知道提拉米蘇裡的『Tira』是『提、拉』的意思，『Mi』是『我』，『sù』是『往上』，串連起來就是『拉我起來』的意思。」

「拉我起來嗎？真有意思。」

承翰深邃的眼眸中閃動著笑意說：「還有另外一種更有意思的說法是……帶我走。」

我差點就要被提拉米蘇上的可可粉給嗆到，趕緊拿出面紙擦拭嘴巴，順便也把我的緊張給壓抑下來。「帶我走嗎？」

這句話彷彿是承翰在暗示我些什麼，是他准許我跟他告白，抑或是他希望跟我告白的意思嗎？所以才跟我說提拉米蘇名稱的由來。雖然感到困惑，我還是不由得陷入美好的幻想。

「因為這甜點的創始人希望來買提拉米蘇的人帶走的不只是美味，還有愛和幸福。」承翰津津有味的解釋著。

殊不知他一語戳破我的美好幻想，才不是什麼戀愛發生，完全是我想太多。

「原來還有這層意思，真有創意。」我尷尬的笑。

因興奮而飆高的心跳，也稍稍紓緩了下來。

「安，等一下妳可以陪我去一個地方嗎？」承翰突然問。

我突然愣了一下才說「好」，感覺稍緩的心跳又開始奔騰了。

一路上，我帶著雀躍跟緊張跟著承翰來到了公園。與其說它是公園，不如說是個世外桃源，有廣闊的視野，大片的綠草如茵，甚至還有小橋、湖泊，風景甚美，完全就是個漂亮的小天地。

正想好好欣賞風景，不知道哪裡吹來的一陣風挾帶著泥沙掉進我眼睛裡。我不舒服的摀起右眼，貼心的承翰將我帶到樹蔭下，叮嚀我千萬不可以揉眼睛，不然會更不舒服。

承翰要我把手拿開，下一秒，他的手突然溫柔的撐開我的眼皮。他的臉登時向我湊過來，我發誓我的心臟差點就從胸腔跳出來了。不知情的承翰只是一味的想幫我把眼睛裡的沙給吹開，根本不知道他每朝我的眼睛吹進一道輕風，我整個人就像一株含羞草，因為害羞差點捲縮起來，在承翰幫我吹開眼睛裡的沙後，我悄悄握緊的拳頭才悄悄放鬆了下來。

「眼睛舒服一點了嗎？」他關心的問。

「好多了，好多了，謝謝。」我連忙說。

我在想，這種場面再多來幾次，我就要抱臉竄逃了。

找了在湖泊前的木椅上坐下，這時承翰才從後背包裡拿出小說作品。在遞給我之前，他難得露出害羞神色說：「希望妳看了之後，能告訴我想法，任何想法都可以喔。」

「嗯。」我慎重的接過本子，打開第一頁，赫然發現在格子外寫著「初戀」兩字，好奇之下，我便問起，「這書名就叫初戀嗎？」

「對，就叫初戀。」

「很美的名字。」我說，心底卻冒出一絲懷疑，難道這故事是在寫承翰的初戀？

故事是從一家補習班揭開序幕。一個成績吊車尾的男孩，被父母強制送到補習班，男孩不愛念書，卻不能違抗父母命令，所以男孩總在課堂上做出一些脫序行為妨礙同學學習。男孩裝壞的目的，只希望老師去跟父母告狀，好讓他早日擺脫補習班。

男孩被視為頭痛人物，再也沒人敢願意他坐在一塊，只有一個女孩自告奮勇坐在男孩旁邊。男孩起先說不上這個女孩哪裡怪，居然不討厭他，還要坐他隔壁。後來男孩發現女孩真正怪的地方，是抄寫筆記的時候，女孩總是把字寫顛倒又或者寫錯字甚至寫錯行。男孩一開始認為女孩腦袋有問題，直到有一天，老師讓女孩唸一段英文，女孩始終唸錯行，老師即使讓女孩跟著她複誦，女孩依然會唸錯。最後男孩實在看不下去，才幫女孩唸出那段英文。

男孩永遠記得女孩開口跟他說的第一句話是謝謝，帶著難為情跟困窘的模樣。後來男孩才知道女孩有閱讀上的障礙，可是女孩依然認真努力的在學習。也許是女孩的認真感動了男孩，從那之後，男孩不再在課堂上搗亂，努力學習讓自己成為女孩的小老師，幫著女孩寫出正確的筆記，他們兩人也成為了朋友。

漸漸的，男孩喜歡上女孩的笑容。女孩笑起來的時候會露出兩顆可愛的小虎牙，當男孩確定自己不只喜歡上女孩的笑容，而是喜歡女孩這個人時，是在一個雨天的午後。男孩跟女孩去小廟拜拜，求神明讓他們考上同一志願的高中，回家路上卻在河邊發現一隻溺水的小狗。女孩不顧自己安危就要跳下去營救，男孩見狀，還沒來得及脫下鞋子，撲通一聲就跳下水替女孩救小狗。女孩看見男孩成功救起小狗上岸，激動的上前抱住男孩與狗，就在那一刻，男孩看見女孩開心的淚水，男孩的心在那一刻怦然心動，一直到好久好久以後，那樣的心動持續在男孩心底激盪著……

故事看到這裡，我的眼淚不停在眼眶裡打轉。原來心碎是這種感覺，故事裡的男孩跟女孩，雖然沒有指名道姓，但我知道這就是承翰跟心妮的故事。承翰喜歡心妮，早在我喜歡上承翰之前，就已經沒有我的位置了……

要有多喜歡一個人，才會為她寫一個故事，要有多在乎一個人，才會記錄彼此的點滴，儘管是小事也好。

臉上彷彿被現實甩上火辣的一巴掌，很痛卻不能出聲，因為承翰不知道我喜歡他，就算我說我喜歡他，只是讓情況變得難堪，也許還會造成承翰的麻煩。還沒告白就失戀，這不在我設想的範圍內，實在是太突然太驚訝太難過，以致於我不知道該怎麼面對這樣突然的失戀。

我只能忍著想哭的衝動，問出早已既定的事實，「……你可以告訴我，這個故事裡的男孩和女孩，就是你和心妮嗎？」

「安，妳……看出來了嗎？」

「我一開始沒有看出來，但是情節太像是你跟心妮發生過的事。」

承翰完全沒察覺我神情異樣，笑著表示，「其實，我打算寫完這個故事，就去跟心妮告白。」

此時，所有我暗戀承翰的片段，不光是他一個眼神一個動作，朝思暮想、午夜夢迴，為他心跳、為他高興、為他難過，渴望他能注意到我，為他所做的一切努力，只因為我喜歡他，所以這些事變得特別有意義，就算是可悲地注視著他的背影也好，就算是投機取巧努力接近他也好。我期盼他終於靠近我的這天，他卻跟我分享了他喜歡另外一個她的事實，帶著信任，相信我會祝福他的想法跟我分享。

「是嗎？」我想扯動嘴角笑，卻擔心自己笑了會哭。最殘忍的不是承翰始終沒注意到我，而是當承翰終於注意到我了，心裡卻有一個無法移開目光的對象。

「安，妳覺得她會接受我的告白嗎？」承翰用著那再深邃不過的眼神問我。

一直以來，我一直覺得承翰的眼睛很深邃，現在我才明白，那是因為他眼裡沒有我，所以我看不到我在他眼裡的倒影。我是傻瓜，早該看出來承翰喜歡心妮，那麼漂亮又心地善良的心妮，任誰都會喜歡上。

撐住快崩塌的的情緒，我用明朗的語氣說：「……我想她應該會很感動，接受你的告白。」

「聽妳這麼說我更有信心了，謝謝妳，安。」

「我也沒做什麼，所以不用謝我。」

「當然有做什麼。老實說，除了感謝妳幫我看故事，更感謝妳今天陪我演練一場告白。」

「陪你演練一場告白？」我忍不住錯愕的張大嘴，「所以那個提拉米蘇，還有這個地方……」

「嗯。」他坦白的對我微笑。

我也笑，不同的是，我笑著笑著就哭了，再也忍受不住這股心酸和委屈。

「安，妳怎麼哭了？」承翰被我突如其來的眼淚嚇得不知所措。

不想被他知道我的難過，我謊稱，「剛剛眼睛進沙的地方還很痛，我因為控制不住才會流眼淚。」

「眼睛還很痛嗎？」承翰一臉擔心的要上前觀看。

我立刻往後退一步，他那樣的關心，坦白說讓我更想哭。

「我不是眼睛痛，我是心痛，如果說了，你能為我負責嗎？我想不能吧！因為你心裡只有心妮的位置，既然沒有我的位置，那樣的話就不要管我了。」我甚至想不顧一切這麼說，但我卻只是說了，「我沒事，可是好像需要用生理食鹽水清洗一下，不好意思，我要先走了。」

不等承翰的反應，趁眼淚掉下來前，我趕緊逃離現場。

我是該躲回家，關上房門大哭一場，可是在公車上，我突然想到了一個人，甚至做了一個自私又卑鄙的決定。

孫易傑一臉困惑被我叫來我家附近的籃球場，他立刻發現我不對勁，正想開口問，我就搶先他一步開口，「我可不可以拜託你，現在馬上去跟蔣心妮告白？」

孫易傑面對我無理的要求，顯得措手不及，「怎麼了？這麼突然？」

我急得幾乎要哭出來了，「你不是喜歡蔣心妮嗎？」

只要孫易傑告白成功，趕跑心妮在承翰心底的位置，那樣就有我可以進駐的空間了。

「可是也不用這麼突然吧！」孫易傑一副傷腦筋的模樣。

「我拜託你趕快去告白好不好，趕在承翰跟心妮告白前。」

「……妳知道承翰喜歡心妮了？」

猶如被背叛般，我難以置信，「這事你知道？」

「嗯。」他面無表情承認。

原來只有我一個人不知道，我明明懷疑過承翰跟心妮的交情，卻還是不願相信承翰對心妮的感情早超出了友誼。為什麼孫易傑沒跟我說？如果他早點跟我說，或許……或許我就不會那麼用力的去喜歡承翰。

「不行，我想哭了，怎麼辦？」

「喂，不會吧！妳……妳不要在我面前哭喔！」

看孫易傑有些著急的樣子，他越是要我不要哭，我越是想哭，感覺淚水迅速在我眼眶裡匯集，只要一眨眼，眼淚就會成串的掉落。

「可是我控制不住，你如果不想看到我哭，那你就走開。」我忍住亟欲崩潰的心情說。

「我不走開。」在我落淚前一秒，孫易傑迅速背過身，右手握拳平舉，半蹲著身子說：「借妳哭完我再走。」

「……我討厭你，你知道嗎？」說完，我下意識抓住他的手臂哭，那一刻，我只感受到我的眼淚落他手臂上。

不知道借我手臂的孫易傑有沒有後悔，也不知道孫易傑臉上的表情又是如何，我只知道當我平復情緒後，突然覺得很尷尬，竟然在孫易傑的手臂上哭了起來。唉！為什麼我在丟臉前不能稍微保持點理智，這下可好，鬆開他的手臂之後，我該用什麼態度去面對孫易傑？

「允安，易傑，你們在幹麼啊？」

循著聲音方向望去，發現怡靚和雅琪就站在不遠處，臉上各自帶著錯愕和困惑快步走來。

我馬上放開孫易傑的手，「妳們怎麼……怎麼來了？」

「允安，我們不是約好今天要一起去逛夜市，說好要先到妳家集合的嗎？」雅琪說。

糟了，我只顧著自己傷心，完全忘了跟怡靚她們約定好的行程。

「我跟雅琪到妳家，發現妳不在，打手機給妳又沒接，本來想去公園等妳，沒想到在籃球場看到妳跟孫易傑手拉手。既然你們感情那麼好……」怡靚臉上擺起我所見過她最憤怒的表情，「妳乾脆跟孫易傑一起去。」隨即氣沖沖的轉身離開。

雅琪困惑的看向我又困惑的看向怡靚，最後雅琪說：「允安，妳怎麼可以這樣？」便跟著追上怡靚。

我頹然的垂下肩膀，這下，我就算跳到黃河洗不清了。

怡靚她們一定是誤會我跟孫易傑了……

之後的好幾天，我試圖去跟怡靚說話，但怡靚都故意避開我。

無可奈何下，我找雅琪澄清前幾天發生的事，包括我會去找孫易傑哭訴，是因為孫易傑跟我有盟友關係，經過我解釋後，雅琪理解了我的苦衷，表示會幫我跟怡靚重修舊好。

原本的午休掃廁所時間，該是我們三人和樂融融一起掃除的，因為誤會，這幾天氣氛卻變得晦澀凝重，像是有一塊無形地巨石，壓在我們身上，連要開口說上話都顯得困難重重。

雅琪朝我使眼色，暗示我要鼓起勇氣，再去找怡靚開口。

我拉住準備去倒垃圾的怡靚，語帶哀求的表示，「怡靚，我可以解釋那一天的情況。」

「妳根本可以不用跟我解釋，因為我又不是孫易傑的誰，真要生氣，我該氣自己，為什麼要把妳當朋友，為什麼要跟妳說我喜歡孫易傑的祕密。」怡靚用著最不耐及最尖銳的語氣回應我。

「怡靚，事情不是妳想的那樣，孫易傑跟允安只是盟友關係，他們沒有互相喜歡啦！」雅琪著急地幫我說話。

「什麼盟友關係？」

「幾個月前，孫易傑發現我喜歡承翰的事，他開出了一個條件跟我交換，他希望我幫他追求蔣心妮，然後他會幫忙撮合我跟承翰。」

怡靚一臉吃驚的說：「可是這些事情妳都沒有跟我講，妳還甚至幫著孫易傑去追蔣心妮？」

「對不起……我當時沒想那麼多，事後也不知道該怎麼開口跟妳說。」

「騙了我就是騙了我啊！那妳還解釋這麼多幹麼？」怡靚紅著眼怒斥我的隱瞞。

「怡靚，妳不要這麼生氣啦！當天是因為允安知道承翰喜歡心妮的事，所以她才難過得跑去找孫易傑哭訴。」

「失不失戀跟欺騙朋友是兩回事。」

原本我還期待友誼能重修舊好，現下看來是不可能了，都怪我不好，早在答應幫助孫易傑追蔣心妮時，我應該三思，應該顧全大局才對。

「怡靚，妳不要這樣啦！允安都跟妳道歉了，再說她又不是故意這麼做的。」

「妳知道嗎？就算妳跟我說易傑喜歡蔣心妮，我也不會怎樣，他們又還沒交往。我不像妳這麼膽小，還沒告白就先判定自己失戀。還有，請妳搞清楚一點，妳有沒有失戀也不干我的事。」

怡靚憤怒的說完，移動腳步離開。

我的眼淚也在她轉身後啪的掉下來。這一刻，我才突然明白，友情跟愛情都一樣，一旦有了欺騙，失去的不只是信任，原本單純無雜質的情誼，也蒙上了一層抹不掉的陰影。

後來過了好幾個星期，怡靚依舊不理我，最為難的是雅琪，一方面要顧慮怡靚的感受，一方面又得安撫我的情緒。

我甚至要雅琪不要那麼辛苦在我跟怡靚之間成為夾心餅乾，我反過來安慰雅琪，或許等怡靚氣夠了她就會原諒我了，但我自己其實心裡沒有把握。

原本放假空閒的時候，我都會跟怡靚她們一起來吃包心粉圓，今天只有我一個人。當年輕老闆娘問起另外兩個朋友怎麼沒有跟著來時，我只是很心酸的表示我們吵架了。

結果年輕老闆娘很熱心的開導我，她說：「人可以沒有愛情但是不能沒有友情，朋友就是在妳難過時陪伴著妳，在妳高興的時候跟妳一起瘋，吵架了就要想辦法和好，真正的好朋友是會互相包容跟體諒的。」

我沉默，不管愛情或友情兩樣都沒有了，我以為把自己調整成最好的狀態就不會失戀，我以為在友情中撒點小謊是可以被原諒的，然而我卻錯了，我只是比自己想像中還膚淺還幼稚，是我的自私跟魯莽讓友情生變，現在只有自己一個人，是我自己活該。

想著想著，我又突然想哭了，我真的很討厭這樣的自己。

「這麼孤單喔？自己一個人在吃包心粉圓？」孫易傑一屁股坐在我對面。

我趕緊收拾想哭的情緒，「哪裡孤單，偶爾一個人吃也不錯。」

他遲疑了一下才說：「還沒和好嗎？」

「什、什麼啊！」我太吃驚之，只能選擇裝傻。

「我是不知道妳們為什麼吵架，也不想多問，只是……」

「只是什麼？」

「別忘了妳還有我這個朋友。」孫易傑看似不經意的說出這句，卻讓我馬上紅了眼眶。

「喂，妳那個表情是不是又想哭了？」孫易傑馬上慌張。

「誰叫你的話裡有洋蔥，我現在可是很敏感的，不要隨便刺激我喔！」我試圖幽默的說。

「有需要借妳手嗎？」他很認真的把右手伸出來。

我搖搖頭，沒忘記上次就是這個「臂哭」害怡靚誤會我的。

「我才不是愛哭鬼，我只需要一個人好好靜一靜。」

「好吧！那我就不打擾妳一個人靜一靜。」孫易傑站起來，從塑膠袋裡掏出一瓶可樂，擱在桌上，推到我面前說：「要走之前，這個送妳。」

「給我可樂幹嘛？」我困惑。

「通常我心情不好的時候，會一口氣把可樂乾掉，讓所有的鬱悶累積成氣體，再痛快的打出一個嗝，那樣就會好很多。喔，對了，打越多次嗝越暢快喔！」他最後打趣的說。

看著孫易傑留下來的可樂，漸漸退冰的水珠沿著紅色瓶身滑落，我的心竟然出現一股奇異的感覺，總覺得我跟怡靚降到冰點的關係總有一天會回溫，就像這罐開始退冰的可樂一樣。分不清那是感謝還是感動，卻是連日以來，我第一次真切的露出第一個笑容。

雅琪打算利用我生日的名義，跟怡靚來個世紀大和解。

生日這天，約在我們常去的那家披薩店，結果時間到了，怡靚依舊沒來赴約，說實話我很失望也很難過，卻不能太彰顯我的失落，免得連帶讓雅琪的心情受影響，破壞了雅琪幫我慶生的美意。

最後只有雅琪跟我一起吃飯，離開披薩店時，雅琪堅持去85度C買個小蛋糕給我。拗不過她的心意，來到櫃台準備買蛋糕時，赫然聽見有人在唱生日快樂歌，而且這聲音越聽越熟悉。我和雅琪循著聲音往店內看去，發現唱歌的人是怡靚，她正誠意十足捧著點上蠟燭的蛋糕對孫易傑唱生日快樂頌。

我多希望那般開心的怡靚是在替我慶生。原來這就是被朋友拋棄的感覺，難怪怡靚當時看到沒守約的我卻跟孫易傑在一塊，會那麼生氣不能理解，我終於懂了。

相較我的沉默不語，雅琪反而一股腦的衝上前去，「陳怡靚妳很搞笑耶！放我們鴿子，居然在這邊幫孫易傑慶生？」

而怡靚在注意到我跟雅琪之後，臉上露出複雜的神色。

我想我能理解怡靚想浪漫的幫孫易傑單獨慶生，好留下一個美好的回憶，我不會去指責怡靚，因為我明白她的心情。而我在想，她應該很希望這特別的一天不被其他人所打擾。

「雅琪，我突然想到有家店的乳酪蛋糕很好吃，我看我們去另外一家店買好了。」

「可是陳怡靚她……」

「走啦！走啦！」

孫易傑突然起身插話，「我說妳們……要不要留下來幫忙吃？反正這蛋糕我跟陳怡靚吃不完。」

「允安，是妳最愛的香草耶！」雅琪故意說。

「那是怡靚的心意，你跟怡靚吃就好。」我邊說邊把雅琪拉走，直到走遠後，我才放開雅琪。

「允安，妳幹麼不讓我罵陳怡靚那個重色輕友的女人啊！」

「怡靚她只是在追求幸福，再說我也沒資格責怪她，是我先惹她傷心的。」我坦白說。

「既然妳都這樣大度了，那我說什麼也白費力氣。」

「別氣了，妳買蛋糕給我，我買飲料請妳，如何？」

「成交！」雅琪笑咪咪的，彷彿想到什麼似的說：「不過，妳不覺得很巧嗎？這個孫易傑居然跟妳同一天生日？真的好不可思議。」

雅琪這麼一說，我才驚覺是真的好巧，但想想，一個班上有兩個人同一天生日也不無可能。

「這種不可思議，在我小學五年級時就發生過了，當時也有一個男同學跟我同一天生日，更扯的是他也叫孫易傑。」

「真的假的？該不會我們班這個孫易傑，就是以前跟妳同班的那個孫易傑？」雅琪假設地說。

我笑著說：「怎麼可能？當年那個孫易傑好矮小，我當時甚至還高出他一個頭，完全不像現在這個孫易傑這樣高俊挺拔。」

「允安，不要小看男生長個子的潛力，再說，妳跟他求證過了嗎？」

「沒有，可是他也沒有主動跟我提起他以前跟我同班過的事。」

「那妳可以問他看看啊！說不定你們以前真的認識。」

「可是我不希望他真的是那個孫小傑。」

「為什麼？」

隨著雅琪問句的開頭，故事悄悄回到五年級那年……

在那短暫一年的記憶裡，關於孫小傑這個人，我對他卻有好幾件想忘也忘不了的事。

記得那天是我的生日，可是我一點也沒有開心的感覺，因為奶奶突然的逝世，爸媽一大早就把我送到學校，交代我跟姊姊要好好看家，便匆匆南下要去替奶奶處理後事。那天我心情特別糟，失去至親的奶奶，同時也失去了慶祝的喜悅。

我以為那年的生日吃不到蛋糕了，班上的孫小傑卻帶給了我一個驚喜。不，應該說，他是給班上的同學都帶來了驚喜。孫媽媽和孫爸爸帶來了一大袋的手作小蛋糕，班上同學都能分得一塊，後來我才知道原來孫小傑跟我同一天生日。

吃著蛋糕我想起了奶奶，奶奶總會在每年的生日打電話跟我說生日快樂，也老愛問我吃蛋糕了沒，還囑咐我一定要吃蛋糕，才代表長一歲。當時我不懂奶奶那套理論，後來長大了媽媽才跟我解釋，小時候奶奶因為家裡清貧，根本買不起蛋糕吃，嫁給爺爺後，又辛苦了大半輩子。等到爸爸長大會賺錢，奶奶才有機會吃上一塊蛋糕，除了吃蛋糕代表長一歲，還有另一個更深的寓意是代表祝福和希望，奶奶希望我們這些後代子孫能夠平安健康長大。

可是那年的生日，我聽不到奶奶的祝福了，也以為那年的生日吃不到蛋糕沒辦法長一歲了，但奶奶好像特地為我安排了一樣，安排在她不能給我祝福的這一天，班上有同學跟我同天生日，安排孫小傑的爸媽帶來了蛋糕跟我們分享生日喜悅。那天蛋糕的滋味我有點忘了，我卻深深記得那天我哭了。儘管奶奶走了，卻帶不走她的愛，就永遠留在我心裡了。

我還記得當時孫小傑發現我哭了，他問我為什麼要哭，我本來不想把難過的事告訴他，但是孫小傑的關心還是令我不由得告訴他，最親愛的奶奶過世，還有今天是我的生日。

我想我永遠忘不了，孫小傑聽完我的心事後，馬上把他的那份小蛋糕遞給我。我很困惑他這麼做的原因，他卻跟我說，剛剛我吃過的那份蛋糕算是替他慶祝生日，而現在他給我的這個，代表是他給我的生日祝福。我本來不好意思收下他那份蛋糕，結果他說回家他會讓媽媽烤一個更大的蛋糕給他，然後我就笑了。

也是從那之後，我漸漸注意起這個叫孫易傑的小男生……

記得一次課堂上，一隻大蜜蜂誤闖教室，嚇得老師和同學紛紛走避。當時蜜蜂朝我不偏不倚飛過來，孫小傑及時出現，像個王子般拿起寶劍（書本）打跑怪物（蜜蜂），從此班上最矮小的孫易傑，在我眼裡成了像巨人一般的英勇王子。

而他也是班上唯一一個會主動找我搭話，甚至不拿我身材開玩笑的男生。

漸漸的，在我懵懵懂懂不知道什麼叫愛情的心裡，開始出現喜歡這兩個字。喜歡和他說說話，喜歡放學後刻意等著和他一起回家，喜歡和他一起分享好吃的零食，喜歡和他在一塊的感覺，即使不說上話也沒關係，那也不會造成我們之間的尷尬，反而慶幸我們默契好到能安靜的各自做各自的事。

我一直天真的以為他也同樣喜歡我，也一直篤定認為他是喜歡我的。

直到那一天……

那一天是水彩課，我因為白色的顏料沒了，很自然跑去向孫小傑借。但他已經先借給另一位男同學，而我去向那位男同學要顏料時，男同學居然說他還沒用好，一把就把我推跌倒。孫易傑知道了，去替我把顏料搶回來，結果沒想到男同學竟然沒反省自己的自私，還惡劣的開起我跟孫小傑的玩笑。

那位男同學故意取笑孫小傑是在喜歡我，我當時很緊張，卻有著小小期待，不知道孫小傑會怎麼回應這件事，是不是會像以往一樣，做個為我挺身而出的王子？然而我沒想到的是他會駁斥別人說他喜歡我這件事。男同學不甘心，又提出我們常常處在一塊的情形，我更沒料到的是，孫小傑居然會說因為我在班上沒朋友。難過之餘，我猜到他下一句要說的傷人的話。

我幾乎是出於本能尖叫著要他閉嘴，可是孫小傑就像一個深怕被人誤會的受害者，他大聲的一字一句自清著，因為看我可憐所以才主動找我講話，因為同情我所以才跟我當朋友。

這實在真的太傷人自尊也太讓人感到氣憤，我想也沒想衝上前去抓起他的手臂就狠狠咬下。大家都被我的行為嚇到了，包括孫小傑，他幾乎是哭著要我放開。但我一想到遭到背叛的痛，我怎麼樣也不想鬆開嘴，直到他拿起桌上的洗筆袋往我臉上狠狠一潑，當時我的頭髮和臉都狼狽的溼了，傻住的我才把嘴鬆開。

我只記得那天儘管很想嚎啕大哭，還是憋著委屈在教室後頭罰站了兩節課。忍到放學走出校門口，還來不及回到家把自己關進房間裡，我便在回家路上再也忍受不住放聲大哭了起來。

那時，我只覺得我是全世界最笨的大傻瓜，孫小傑則是全世界最壞最惡毒的臭男生。

從那天之後，我再也不跟孫小傑說話，而他看到我似乎也刻意避開，我們就像反目成仇的陌生人，在我搬家之前，我們再也沒有互看過一眼。

「允安，沒想到妳過去還有這一段。」雅琪像是聽了一個精彩的故事，意猶未盡的說：「那如果孫易傑真的是當時的孫小傑，妳會怎麼樣？」

如果孫小傑是現在的孫易傑，即使經過時間的洗禮讓他外貌跟身高有了改變，但他依舊沒有改變的一件事，那就是對我好。

而曾經對他深埋的喜歡，不知道會不會再一次從我內心流淌出來……

但當前最要緊的似乎不是孫易傑，而是怡靚和我的友情。

我不知道怡靚是怎麼想我這個朋友，我只知道，在這世界上，能和對味的人一起當朋友，是種莫大的緣分，能和知心朋友分享喜怒哀樂，是最快樂的事。換言之，我還不想失去怡靚這個朋友。

「比起孫易傑這個謎團，目前我只想努力跟怡靚和好，繼續我們三人開心的高中生活。」

雅琪一聽完，立即給我一個擁抱，開心吶喊著，「友情萬歲。」

「友情萬歲。」但願我用三個願望許下的心願，能夠實現。

「陳怡靚是不是在這一班？」

原本頭痛打算在早自習前先趴著睡一會，卻聽到門口有人詢問怡靚事情的聲音。

「學姊找她有什麼事嗎？」班上一個男同學問起。

帶頭學姊沒回答男同學問題，只是在門口大吼大叫地要怡靚出來。

怡靚一臉困惑的被叫到教室外頭，班上幾個膽子大的同學聚集在窗戶圍觀，其他同學不是拉長耳朵偷聽，不然就是乾脆睡覺假裝沒自己的事，沒有一個人敢走出教室外去深入了解。畢竟高年級的學姊很少來這棟大樓，而且一次還帶著這麼多位女生，看起來就是來者不善。

我坐在靠走廊的位置，抬頭透過窗戶看見，怡靚一走出教室，帶頭的學姊立刻就對怡靚叫囂。

「妳很厲害是不是？憑妳這種貨色還敢跟我搶男朋友？」

「學姊，我沒有搶妳的男朋友，而且我根本不知道妳男朋友是誰……」

這位高年級的學姊是不是沒有好好查證就來找碴，怡靚明明有喜歡的人，怎麼可能沒事去搶她的男朋友。

「還想騙？妳以為裝無辜裝可憐，我就會相信妳嗎？」學姊揚高了聲音，明顯怒意高漲。

「我是真的沒有。」怡靚無奈表示。

「如果妳承認，跟我道歉，我還不會這麼火，但是妳這種打算裝死裝到底的態度，讓我真的很看不起。」

「我沒做的事要我怎麼承認，不然妳可以把學長帶過來跟我對質。」怡靚最後乾脆說。

「妳這個死三八，做錯事還不承認。」一旁的學姊甚至動手推了怡靚一把，就像骨牌效應，其他人也開始一人一句仿效著。

「自以為長得漂亮嗎？」

「搶人家男朋友就是賤！」

「我看像妳這種小狐狸精就是欠人修理。」

「我是真的沒有啊！沒有的事要我怎麼承認，妳們不要亂栽贓我。」怡靚委屈得快哭了。

我也跟著心揪成一團，心疼了起來。

瞬間，我看到怡靚被推到牆角，擔心怡靚的安危，我再也忍不住站起身。四個女生包圍著動彈不得的怡靚，怡靚一臉驚恐的模樣，我所想到的是，怡靚這麼嬌小，卻遭受莫名地指責和欺凌，我無法忍受便跑了出去。

「學姊，妳們不要隨便誤會怡靚！她不是那種人。」我朝著背對我的學姊們斥責。

四個學姊同時把焦點轉向我，其中一位學姊惡狠狠瞪著我說：「不干妳的事，最好不要插手。」

我這時才從她們四人的縫隙中，看見已被嚇壞蹲在地上的怡靚。原先的害怕轉為憤怒，迫使我忘了對方人多勢眾，迫切的只想保護我的朋友。我把怡靚從她們之中拉了出來，緊緊握住怡靚的手，想藉由這動作，告訴怡靚有我在，不要怕。

「怡靚說沒有搶學姊的男朋友就是沒有。」我堅定的說，即使我從未面對過這種緊張的大場面，心裡確實很害怕。

「妳又算什麼東西，要幫這個臭三八講話？」一個學姊推了我肩膀一下。

我沒有表現出害怕，反而挺直身子看向她們四個人，理直氣壯的說：「因為我是她朋友，怡靚不可能說謊，而且我相信怡靚不會做這種事。」

怡靚神情複雜的看向我，我不知道是她的手在發抖，還是我的手在發抖，我只知道誰都不可以欺負我的好朋友。

「好，既然妳這麼白目想挺妳的好朋友，那我就成全妳們。」帶頭學姊一說完，其他學姊跟著蜂擁而上，把我跟怡靚逼到另一個牆角。學姊高舉手，擺起最凶狠的表情，在第一個巴掌落下之際，承翰和孫易傑帶著教官趕到，阻止了這場差點要發生的腥風血雨。

教官帶走了學姊們，孫易傑問我們有沒有被學姊怎麼樣。我說沒事，也告訴怡靚沒事了，然後她就在我懷裡哭了起來。

後來我陪著怡靚到教官室去了解狀況，學姊的男朋友也來到現場。經過對質後，才發現這是個大烏龍，叫怡靚的那個女孩另有其人，雖然她也叫怡靚，身高髮型也跟怡靚差不多，不過她姓呂。

最後就是學姊們向我們道歉，也接受了應有的懲處。

我跟怡靚在走回教室的路上，怡靚突然拉住了我的手，跟我說了對不起。她說她那樣對我冷漠，甚至想拋棄我這個朋友，我卻在她危難時，不顧自己也會遭受到危險還願意伸出手來幫助她。我告訴怡靚，如果雅琪今天沒請假，我相信雅琪也會這麼做，因為那才是真正朋友會有的反應。

眼看再過不久就要打下課鐘，怡靚提議乾脆蹺掉這一節課，她拉著我到涼亭表示有些話想跟我說。

「允安，其實前些日子，我因為嫉妒妳，才對妳說那麼重的話，甚至對妳做那些過分的事。」怡靚帶著歉疚如實地說。

「我可以理解妳在氣頭上所做的那些事，可是我不懂妳為什麼要嫉妒我？」

「因為妳變漂亮了，也比從前有自信，身為朋友應該替妳高興，但是我卻害怕男生會喜歡這樣的妳，尤其是孫易傑。在知道妳跟孫易傑有我所不知道的交情後，我真的很生氣妳對我說謊，背叛了我們的友情。」

「那現在呢？妳還討厭我，還嫉妒我嗎？」

「不嫉妒了，因為就算允安外表改變，內心還是那個我最最喜歡的游允安。」怡靚又說：「謝謝妳讓我對妳的嫉妒轉為動力，在妳漸漸變得更好的同時，我也想跟隨妳，也讓自己變成更好的人，我們一起進步吧！不管是友情還是愛情。」

「怡靚妳……」我由衷的感動，但卻不知道該怎麼形容。

「允安，還有一件事，我覺得應該跟妳說。」

「怎麼了？」

「我決定不喜歡孫易傑了。」怡靚的笑裡帶著堅決。

「為什麼？」我困惑。

「我曾經以為孫易傑是我生命中的大雄，可是我發現這個大雄其實心裡有一個更喜歡的人。絕對不是我輸不起，而是我輸得心服口服，再說，宜靜也不一定要配大雄，所以我決定去找我人生中更好的哆啦A夢。」怡靚用著輕快的語氣說。

雖然我不知道怡靚的想法怎麼突然轉變了，但我只知道一件令人開心的事，那就是我跟怡靚的友情回來了。

至於愛情，自從知道承翰喜歡心妮的事實後，我也曾猶豫過，也想放手一搏力拚在承翰心底的位置。但就在前幾天，我看見承翰和心妮並肩走在校園中，心妮只要一個表情或話語，承翰就會露出前所未有開心的表情。我知道那是我無法輕易做到的，因為心妮是承翰的初戀，而至今也還是。

我曾盡了最大努力，讓承翰的目光看向我，雖然這目光的定義只是單純的友情，但能當承翰的朋友，也算是另外一種幸福。雖然不完美，可我還是希望我所喜歡的承翰和心妮能夠幸福在一起，那樣才能回報我的默默退出。

我正努力把對承翰的喜歡一點一滴收回來。雖然很不容易，但我相信承翰不能給我的愛，下一個男孩會加倍的帶來給我。

我可以這麼樂觀的想吧！因為我的靈魂還是那個胖胖的開朗少女游允安。

整個暑假，我都在小阿姨開的服飾店打工，賺取工作經驗之外，也替自己賺取零用錢。

偶爾雅琪跟怡靚會來店裡找我串門子，但我沒想到的是，這一天承翰跟孫易傑居然會同時來找我。

我打趣的說：「希望你們來找我，不會是要我介紹衣服給你們，因為我阿姨店內賣的全是女裝。」

「開什麼玩笑，我們可沒有變裝癖。」孫易傑首先說。

「安，其實我跟小傑來找妳，是想問妳要不要一起去看流星雨。」

「流星雨嗎？好啊！我想看，什麼時候？」

「看吧！我就說她會答應，根本不用親自來，傳 LINE 問她就好啦！」

「孫易傑你這話是什麼意思？好幾個星期沒碰面，一見面就想找我吵架？」

「我哪敢要找妳吵架，到時候我還得負責當妳的司機，接妳去看流星雨。」

「當我的司機？」我困惑。

「安，我們打算去苗栗的好望角看流星，因為我負責去接心妮，所以委託小傑去載妳。」

是啊！我怎麼會忘了這場流星雨的主角才是心妮……

故意忽略心中還殘留的一點點酸楚，語氣明朗的說：「是嗎？給孫易傑載我是沒意見，只是要確定孫易傑會安全駕駛。」

「我當然會很注意安全，雖然我不像老柳這麼爽，小學晚入學一年，現在滿十八歲了，所以比我早一年考到駕照，但我老早就學會騎車了，而且我常常載我媽去買菜，安啦！再說，在車上的妳跟我就是生命共同體。」孫易傑說完，好像也發現自己這句話有點怪異，他連忙改口說：「反正不會把妳載丟了就是了。」

我好像也受到他怪異的話影響，下意識這麼回，「你敢把我載丟試試看。」

承翰笑著說：「你們兩個又來了，可不要在騎機車的時候吵起來。」

「我絕對不會跟他吵，而且我還會很安靜，因為我要張大眼睛，看他到底有沒有安全駕駛。」

我對孫易傑吐舌頭。

「喂，游允安，妳是多怕被我載？」

「安，今晚十點出發，預計一個小時內到好望角，如果妳下班還有時間可以先睡一下，因為晚上可要熬夜喔！」承翰貼心的交代。

「好，知道了。」我對承翰微笑。

孫易傑在跟承翰離開前，還不忘調皮的對我說：「車號XX－XXXX，藍色奔騰，九點四十分，妳家樓下門口。」

我才不想記住他的車牌號碼呢！這個孫易傑還真當自己是司機？

到了約定時間下樓，發現孫易傑早就把摩托車熄火，倚靠在車身旁等候。

「你來很久了嗎？」

「沒有很久。」

全帽。

「我有自備安全帽。」

「妳那頂不及格，我這頂才夠安全。」孫易傑從車廂裡拿出一頂粉色的全罩式安全帽。

「你還特地幫我準備安全帽嗎？」我倒是有點訝異。

「這頂安全帽是我媽的，剛好在車廂裡，我媽有時候也會騎我的摩托車。」

我哼了一聲，「看來是我想太多。」

孫易傑把安全帽戴上，跨上摩托車說：「快上車吧！」

「知道啦！等我把安全帽扣好。」我嘴巴犯嘀咕，「這個安全帽怎麼這麼難扣？」

結果孫易傑看不下去我的慢吞吞，招手要我靠過去，突然伸手來幫我。他的手直接碰到我的手，我嚇了一跳，手手瞬間有種被電到的感覺，心臟也莫名多跳好幾下，

「妳真是的，一直扣反了，難怪扣不進去。」

「謝謝喔……」奇怪，我心跳加速幹麼？肯定被他嚇到了才會這樣。

「可以上車了吧？」

「嗯。」真尷尬，居然不會扣安全帽。

坐上孫易傑的摩托車後座，孫易傑突然迸出了一句，「等一下去看流星雨，妳沒關係嗎？」

我在猜孫易傑話裡的涵義，多半是在替剛失戀不久的我擔心，怕承翰跟心妮和睦的氣氛會影響到我的心情。

我搖搖頭笑，「我沒關係，那你呢？」

明顯來說，孫易傑的心情應該也很複雜，因為他跟好友愛上同一個女生。我在想，孫易傑遲遲沒跟心妮告白的理由，會不會是因為承翰。

「妳都沒關係了，我當然也沒關係。」他很豁達的說。

「咦，少來！要是真的有關係，我也不會笑你。」

「小心眼的妳都沒關係了，我有關係的話，不是顯得沒風度？」

「孫易傑你……」我氣得伸手往孫易傑背上一打，居然說我小心眼。

「游允安，很痛耶！」

「很痛是應該的，這樣你才能記住，下次不要隨便惹我生氣。」

孫易傑只是給我一抹不明所以的笑容，便催起油門出發了。

拐過幾個路口，來到一家便利商店旁，承翰和心妮早在路旁等候。看到我們，便熱情的跟我們揮手招呼，隨即催引擎上路。

透過安全帽的透明鏡片，能清楚發現心妮的手並沒有拉住後座把手，而是向前環住承翰的腰。雖然兩人中間隔著後背包，但這已經足夠讓我明白心妮對承翰也有相同好感。如果先前承翰沒讓我知道他喜歡心妮一事，這一幕，大概會讓我在孫易傑背後心酸難過得不能自已，而孫易傑肯定會被我哭得醜不啦嘰的模樣嚇壞。

但，話又說回來，孫易傑好像老早就被我嚇壞過了。

小時候是抓著他的手咬，長大後是抓著他的手哭。我看向孫易傑的手，突然對他感到一陣莫名的抱歉，其實孫易傑算是被我嚇大的，雖然不懂孫易傑為何不說我們以前同班過的事，但我可以那樣想嗎？因為他想跟我重新變朋友，所以才不想提到過去的不愉快。

到達好望角的時候，已經有好些人跟我們一樣為流星而來，一群人或坐或躺在草地上等待，一開始星星和月亮彷彿在跟我們玩躲貓貓，躲在雲層裡面，等了快一個鐘頭，睡意襲來，以為今天要敗興而歸了，又過了一會，雲層漸漸散開，開始看到美麗的繁星，然後是令人尖叫的一顆流星劃過天際，接著兩顆、三顆，不管是我們還是別群人，看到流星每個人都興奮的叫喊。

帶著無比喜悅的心情，我看向並肩而坐的承翰和心妮。他們臉上同樣掛著興奮和愉悅，承翰伸在心妮在背後的手，似乎想偷偷搭上心妮的肩，只是害羞使他不敢真的搭上。偷瞥見到這一幕的我，忍不住笑了，反而是心妮突然大方搭上承翰的肩，笑盈盈的指著流星給承翰看。承翰害羞的瞬間，真想拿相機捕捉下來，也許他們才是真正適合的一對。

聽說流星可以許願，趁著大家目不轉睛盯著流星雨，我趕緊雙手緊扣，悄悄閉上眼許願，希望我愛的人還有愛我的人都能幸福快樂，認真默念三次後，當我睜開眼，發現孫易傑正目光灼灼地緊盯我側臉，我突然感到一陣尷尬與害羞，這傢伙偷看我多久了，該不會我剛剛天真許願的模樣，都被他瞧見了。

「你……你幹麼偷看我？」我罵他。

「我看妳在幹什麼啊！」好一個爛回答。

因為覺得害羞，忍不住凶起他來，「你管我在幹嘛，看你的流星啦！」

「妳剛剛許了什麼願，這麼認真？」

「……就世界和平啊！」

他遲疑了一下才點點頭，「這種時候，還許這麼膚淺的願望？」

「不然你自己呢？又許了多高尚的願望？」

「當然是許願將來變成大富翁啊！」他笑嘻嘻地說。

「你這願望更膚淺！」我說。

他只是好快樂的笑，而我又偷偷在心裡許了一個願，希望眼前笑得如此開心的孫易傑是真心的開心，萬一將來他因為心妮而失戀了，希望失戀的痛苦不會伴隨著他太久，屆時我能為他帶來快樂，就像他為我做的那些事，在我難過時總是不經意地陪伴著我，即使不說話，也大方的把手借給我。

不知道是誰應景的拿出手機撥放流星雨這首歌，一開始聽到的人都笑了，包括我們。後來，每個人都沉浸在應景的歌聲裡。

而這一場流星雨的記憶，我想我永遠永遠都不會將它忘掉，即使到好老好老的以後，因為這裡面蘊含著青春紀念還有滿滿的快樂和感動。

看完流星雨後，我們到便利商店稍作停留，趁心妮去如廁，孫易傑去買飲料，我走向承翰問他打算什麼時候向心妮告白。承翰立即從後背包拿出小說本，使眼色要我看，我稍微翻了一下，驚奇的發現剩下沒幾頁空白頁了。

「我就快能把心意傳達給心妮了。」承翰這麼跟我說，臉上有著無比的期待。

我微微笑，「我想，心妮看完一定馬上被你感動。」

「只是，暑假快過完了，不曉得最後來不來得及寫完。」

我把小說本還給承翰時，半開玩笑的安慰說：「可以的，你一定寫得完，不然，你要真是寫不完，我就幫你寫。」

「好啊！由妳來寫一定更感人。那就這麼決定了，如果我寫不完，妳負責接棒。」承翰笑著跟我約定。

「沒問題。」我笑著保證。

「你們在笑什麼這麼開心？」心妮突然無聲無息的靠過來，我跟承翰都嚇了一大跳，尤其是承翰好像怕告白計畫提前曝光，直覺反應就把小說本塞給我，我反射性的把小說本藏在身後。

等承翰支開心妮，我才鬆了一口氣，把小說本拿到胸前端看。這麼重要的東西，一時半刻是不能直接在心妮面前拿出來的，我心想，就先幫承翰保管他的祕密初戀，再找個好時機還給承翰吧！

整個回程路上，我其實很想睡，可是又不好意思睡在孫易傑的背上，只能抓牢後座把手，趁等紅燈的空檔，偷閉上眼睛幾秒。然而我這樣痛苦打瞌睡的行為卻被孫易傑發現了。他在等一個十字路口的變綠燈空檔，大方的說要把背借給我靠一會。我當然不好意思的回絕了，下一秒，孫易傑突然拉著我的手環住他的腰，我嚇得差點沒掉下車，我想把手伸回來後座把手，結果他的一句，「如果妳把手放回後座把手，就代表妳對我其實有感覺，不然妳不會這麼介意抱著我。」所以，我就乖乖把手放在他的腰上。

這種厚顏無恥的話大概只有孫易傑講得出來，但大概也因為我真的累了，上了十個小時的班，回到家洗完澡又馬不停蹄的來看流星雨，該是睡覺的時間卻在機車上。既然孫易傑不介意我靠在他背上，那我的矜持好像也變得多餘。於是我側著頭靠在他的背上，在輕風的吹拂下，濃濃的睡意征服了我的意志力。

孫易傑載我回到家門口，喚醒我，已經是凌晨的時間。

我下了車，還迷迷糊糊戴著孫媽媽的安全帽就要上樓，幸好是孫易傑叫住我提醒安全帽的事。孫易傑嘴巴說受不了我睡昏了頭，還是很貼心的幫我脫掉安全帽，催促我趕緊上樓睡覺。我不知道有沒有跟他說謝謝，但應該有對他微笑吧！

因為在爬上床倒向枕頭之前，我嘴角一直是上揚的。

我接到一通電話，在我補足睡眠前，這通電話讓我睡意盡失，臉部瞬間變得僵硬，全身血液彷彿迅速往下竄流。電話那頭，孫易傑哽咽著跟我說承翰出了嚴重車禍，現在他跟承翰的父母還有心妮都在醫院，承翰正在跟死神拔河。

結束通話後，我連臉都沒有洗，頭髮也沒有整理，直接衝到大姊的房間，我哀求大姊開車載我去醫院。前往醫院的一路上，我忍不住發抖，恐懼與不安一直不斷在我內心衝擊著。

我還是不願相信，幾個小時前，我們還那麼開心的一起看流星雨，只是分開不到半天的時間，承翰就躺在醫院裡被搶救。承翰是這麼優秀又這麼好的一個男生，怎麼可能碰到這麼可怕的事……

我想告訴自己這是一場惡夢，一定是我還沒睡飽。等到我看見傷心的承翰父母、心妮以及孫易傑，我的眼淚才止不住的掉下來。承翰被送去加護病房，醫生說這幾天是關鍵時期，承翰能不能挺過，就得靠他的意志力了。

好不容易捱到可以進加護病房看承翰，一看到昏迷中的承翰，我又忍不住紅了眼眶。承翰身上布滿了管子，無論是手上鼻上或是口腔裡，還有連結在胸口上的心電圖，每一個附加在他身上替他維繫生命的管線，都讓我感到無比的心疼與難受。

礙於加護病房只有半個鐘頭的探病時間，我們只能把握時間輕輕呼喚承翰，盼望他早日清醒。承翰的父母甚至悲傷到無法言語，只能緊緊握住承翰的手，眼神透露無限渴望承翰快快醒來的訊息，讓我眼淚又是一陣止不住。

來來往往在加護病房好幾天，承翰依舊沒有醒來，也依舊沒有好轉。每見一次昏迷的承翰，彷彿在我們胸口又劃下一刀，我們甚至去大廟向神明祈求讓承翰早日脫離危險，恢復健康。

然而承翰好像沒有聽見我們的呼喚，在夢裡貪睡著怎麼都不肯醒來。我甚至在承翰耳邊威脅，如果他再不醒來，孫易傑就要追走心妮了，那樣也沒關係嗎。承翰依舊像個沉睡中的睡美人，在離開加護病房前，我拉起承翰的手，捏了捏他的手掌心，告訴他，我想跟他做一輩子的朋友，只要他肯醒來，我這個一輩子的朋友就等候他差遣，無論他要我做任何事，我都答應，只要他能醒來……

而心妮在承翰出事後，更是難過得不能自己。心妮責怪自己，要不是承翰把她安全送回家後，發現弄丟了媽媽送給她紀念十七歲的手錶，承翰也不會折返去幫她找手錶，也不會在終於找到手錶後，因為回程路上過於疲憊，反應不及去撞上對向來車。雖然承翰的父母表示不責怪心妮，只怪是承翰的命，但心妮從那之後總是顯得心事重重。這段期間大家忙著替承翰的安危擔心，心力交瘁下並沒有多餘的力氣再彼此安慰，只是把所有的餘力，拿來祈求承翰能夠有清醒的一天。

承翰在重度昏迷後的第六天，被醫生無情的宣告了腦死。承翰拔管那天，我們三個人沒有到醫院，只怕哭得太傷心，承翰會無法好好離開人世。只有承翰的親戚家人見著承翰最後一面。

承翰告別式那天，是學校的開學日，原本我們三人想去送承翰一程，但是承翰父母不願意我們這麼做，他們說在承翰短暫的生命裡，有我們幾個這麼要好的朋友為他做了這麼多，甚至去幫承翰求平安符，讓他們備受感動。他們要我們好好休息，這些天辛苦我們了。承翰父母這席反過來安慰我們的話，讓我們乾了的眼睛再度濕潤。

開學後的第二天，班上同學知道承翰過世的事，紛紛表示遺憾和不捨，一朵又一朵的鮮花擱在他的座位上。老師在換位子時，特地保留了承翰的位置，讓同學只要想承翰了，就能在他的桌上或抽屜裡放上卡片。

我每天都會注意承翰的座位，看有沒有哪朵花凋謝了，就幫承翰換上新鮮的花，想著要是承翰哪天回來班上偷看我們，看到這麼多漂亮的花，知道自己在班上有這麼高的人氣，一定會很高興。

這樣懷念的儀式持續了一個月，一個多月後，班上同學也漸漸適應承翰不在班上的事實。但是只要我到校的一天，我還是會偷偷放一枝花在承翰的抽屜裡，好像只有這樣做，我的難過才會少一點。每放一朵花，就好像漸漸放下對承翰的思念。

承翰離開的第一百天，我才有勇氣端詳那本來不及還給承翰的小說。原本我想轉交給承翰父母，但想到這是承翰的祕密，除了我知道之外，承翰最想讓心妮知道，我想遵守跟承翰最後的約定，他來不及寫完的告白，由我幫他完成。

翻閱了承翰所寫的故事，承翰寫的幾乎都是跟心妮相處的點滴，有好笑的也有讓承翰心酸酸的感言，例如承翰雖然如願跟心妮同校卻不能在同一個班級。我還發現承翰好像把我跟孫易傑也帶進故事中，其中一個章節是升上高中的第一天放學通勤，一個有趣的女孩急著下車卻在車上跌了一大跤。他本來很認真在聽手機裡的音樂並沒有發現，是坐在前頭的死黨拿著幾本撿來的教科書，要他去還給那個跌跤的女孩，並且說出跌跤女孩的名字，又說是未來三年的同班同學。一開始死黨對於跌跤女孩的關心，他並不覺得有什麼，但有一天跌跤女孩因為生理痛，身為班長的他負責帶跌跤女孩去保健室。回到班上，無意間瞧見死黨跑去向隔壁班同學要來巧克力牛奶，趁著下課時間，死黨偷偷地把那瓶調味乳放在跌跤女孩的桌上，那個時候他才知道原來死黨喜歡跌跤女孩。

故事看到這裡，我震驚的同時也感到不可思議，孫易傑是喜歡我的嗎？那為什麼不直接跟我說，還要拐彎抹角跟我成為盟友？

「因為覺得抱歉啊！」雅琪直覺性的推理，但我還是感到困惑，雅琪又說：「忘了嗎？小易傑曾經說了讓小允安很傷心的話，導致小允安狠狠咬了小易傑，大概是怕妳還記恨著，所以不敢跟妳相認，只能利用盟友這個出發點，重新接近妳。」

「我贊同雅琪的說法，而且我認為孫易傑很有可能從以前就偷偷的在喜歡妳。」怡靚補充。

「怎麼可能？他當年可是當著全班的面說沒有喜歡我。」

「小男生嘛！害羞說謊也是有可能的。」雅琪試圖說服我。

「就是啊！我要是孫易傑，肯定也不敢在全班面前承認喜歡哪個女生，而且又是在那種被起鬨的情況下。」

「雖然妳們說得很有道理，可是沒有證據，我還是不敢隨便相信。」

「那還不簡單，就去找證據啊！」雅琪說。

「還是……不然直接問本人好了。」怡靚壞壞的說。

「證據應該不好找吧！至於直接問本人，太害羞了，我做不來。」

「那就找到證據再問本人吧！」雅琪下最後的結論。

放學後空無一人的教室裡，只有我跟雅琪和怡靚三人逗留著。

「這樣真的好嗎？算不算犯罪？」我擔心的發問。

「不算犯罪，我們只是在發揮實事求是的精神。」雅琪邊說邊動起手，把孫易傑的課本全放在桌子上。

「就是！怕什麼，只是翻他幾本課本，又不是做什麼壞事。」怡靚蹺著二郎腿坐在課桌上好愜意的說。

「欸！陳怡靚不要光坐在桌子上佔位置，還不快點下來幫忙。」

「好啦好啦！小氣耶！才坐一下而已就說我佔位置。」

怡靚從桌子上跳下來的時候撞到桌子，教科書掉了一地。我們趕緊把書本撿起來，就在那時我看到國文課本，突然想到孫易傑愛在課本亂塗鴉的習慣，也猛然想起了一件事……

孫易傑的國文課本其中一頁的一角裡，疑似有什麼想對我說的話。

我馬上翻到用原子筆寫著游允安是……的那一頁。

雅琪跟怡靚馬上兩眼發亮，像是發現什麼新大陸。

「後面四個字被立可白塗掉了，這其中必有隱情。」雅琪說。

「可是又不能把立可白刮掉，那樣孫易傑就知道有人動過他的課本了。」我說。

「而且孫易傑這小子也太奸詐了，不僅寫字的那頁塗了立可白，連反面也塗了立可白，根本沒辦法透光直接看。」

我們三人面面相覷，陷入一陣苦惱，雅琪突然啊的叫了好大一聲，隨即嘿嘿嘿的竊笑著，「我想到一個辦法了，用鉛筆就可以讓下一頁的字跡浮出來。」

這個主意，馬上讓我們三個人感到興奮，怡靚把2B鉛筆交到我手上，在我塗開謎題那一刻，再也無法控制思緒奔騰，心臟撲通撲通的跳，接著，好奇湊過來看的怡靚跟雅琪立刻對我興奮大叫。

上頭確切的印記著……

游允安是我的初戀

怡靚跟雅琪鼓吹，要我帶著課本直接去孫易傑家問個明白。盛情難卻下我只好把孫易傑的課本收到書包裡。

怡靚她們堅持陪我走到公車亭，搭上直達孫易傑家的公車路線。

快到公車亭時，雅琪突然大聲嚷嚷指著對面。

「妳們快看，走在對面的那個人不是孫易傑嗎？」

「真的耶！允安，簡直是命中注定的安排，我看直接半路攔截就好，不用跑到孫易傑家了。」

我才在笑怡靚比我猴急，雅琪馬上發出不妙的語氣說：「等等，孫易傑身旁還跟著一個女生……是蔣心妮，他們怎麼會走在一塊？」

雖然我頓時也有點困惑，有通勤習慣的孫易傑怎麼會沒搭上校車，而是和心妮一起。但孫易傑肯定有像我一樣的突發理由，所以才會選擇要搭公車。

我笑著表示，「大家本來就都是朋友啊！走在一塊也沒有什麼好奇怪的……」

「是沒錯，可是妳們不覺得這陣子蔣心妮時常會來班上找孫易傑嗎？」怡靚提出盲點。

「我想那是因為承翰的過世帶給心妮太大的悲傷，跟承翰最好的孫易傑理當變成心妮心情抒發的最好出口。」我這麼解釋的同時，故意忽略存在心底的小小不安。

「總之，先跟上觀察再說。」怡靚表示。

於是等承翰跟心妮上了公車，怡靚跟雅琪拉著我從公車後面準備上車時，我突然看見坐在靠窗邊的心妮把頭倚靠在孫易傑的肩上，而孫易傑一點拒絕的表示都沒有。不，甚至是一點拒絕的反應都沒有，一直到公車駛離我面前。

怡靚跟雅琪這時候才鬆開了我的手，我心情複雜的看向雅琪跟怡靚，在她們開口安慰我之前，我先故作鎮定的說：「也是有那樣情有可原的時候，剛剛心妮的表情妳們也看見了，她很傷心，所以……所以才會靠在小傑的肩膀上。」

怡靚連忙說：「是啊！還記得嗎？就像當初我還喜歡孫易傑的時候，目睹心情不佳的允安拉著孫易傑哭，最後根本是自己想太多，其實本來就沒有什麼嘛！」

「是啦！妳們這麼說也不是沒有道理，那現在要？」雅琪一臉茫然。

沉默了幾秒後，我說：「現在好像不該是問他喜不喜歡我的時候……」

雅琪跟怡靚一併沉默的點點頭。

隨即我轉身背向公車亭，開始往學校的方向走。

「允安，妳要去哪？」

「對啊！妳不坐公車回家嗎？」

「妳們不用陪我了，先回家吧！我回學校把孫易傑的課本還回去。」

不等雅琪她們說好，我迅速邁開腳步離開。

我把2B鉛筆塗過的地方用橡皮擦擦掉，一開始只是小心翼翼的擦拭，後來不知道我是在跟自己生氣還是生孫易傑的氣，當我用力抹掉「游允安是我的初戀」的印記，我的眼淚也跟著不爭氣的滑落……

最後，我乾脆趴在孫易傑的桌上哭，再度被孫易傑背棄的感覺，真的太讓人難以忍受了。如果孫易傑沒有喜歡心妮，他不會任由心妮把頭枕在他的肩上，如果孫易傑沒有喜歡心妮，他不會在公車開動那瞬間透過車窗發現了我，卻沒有任何的表情和解釋……

最終，我又失戀了，同一個人，失戀了兩回。

以為愛情就在我伸手可及的眼前，當我勇敢的伸出手，才發現只是稍縱即逝的一場美夢。

現在回想起來，孫易傑曾經有多讓我感動，就有多讓我的心疼痛。

那些我以為他對我的好，我自以為他還喜歡我，是不是既諷刺又很可笑？

因為太可笑了，我沒有勇氣再去問孫易傑喜不喜歡我。

因為那樣就顯得我真的太可悲了。

擦掉眼淚，帶著僅存的骨氣，我決定不再為愛情傷心。

後來升上高三之後，課業壓力變重，每天不消停的小考兼大考，我根本沒有多餘時間去想別的事情。在選填志願表時，我故意挑中文系就讀，我一直沒忘的是替承翰完成夢想這件事。

一直到畢業典禮前，我都沒有把喜歡問出口，彷彿這麼做，我就能繼續假裝孫易傑喜歡的人是我。

畢業典禮當天，全三年級師生集合在大操場裡，同學們懷著即將結束苦悶高中生涯的雀躍心情，特別耐心聆聽老師一一的叮嚀與祝福，在校長高亢激昂的致詞聲中，宣告同學們要各奔美好的前程。廣播器裡響起了動人的畢業歌，伴隨著驪歌響起，在場的老師同學教官都離情依依的抱成一團，有人忙著哭泣也有人忙著拍照紀念。也有像我一樣特別冷靜的人，覺得離別總有再見面的一天，我帶著微笑先道別了雅琪跟怡靚。

看著胸前別著畢業生才有的胸花，手拿畢業生才能領取的向日葵，還有一件事我必須完成，這樣才算畢了業。每一步走在走廊上的步伐，是如此值得懷念，有些同學甚至在典禮散會後，又自行返回教室說說笑笑準備最後的道別。我走向陪伴我三年青春的教室，空蕩蕩的教室裡，準備迎接下一批學弟妹，在這裡製造屬於他們新的青春和回憶。我突然覺得我往後一定會懷念在這教室裡的所有一切，我走向曾經屬於承翰的位置，把向日葵擺在承翰的桌上。如果承翰還在，現在就可以跟我們一起開心的畢業了，我感慨的想。

孫易傑突然闖進教室時，分不出那是受到驚嚇還是感到驚喜，我心臟莫名用力地抽動了好幾下。

為了不讓怪異的心跳給影響，我佯裝鎮定問：「你是來跟承翰道別的嗎？」

「最後當然要來跟老柳道別，不然就不夠義氣了。」他邊說邊把向日葵擱在我那朵向日葵旁。

「我想，在天上的承翰一定很開心，因為我們都沒有忘了他。」

「當然忘不了，因為他是最好的班長，也是我最好的朋友，更是最棒的資優生。他這麼好，想忘大概也很難忘掉，只是……妳呢？在今天之後會把我忘掉嗎？」孫易傑突然莫名的問。

我試圖分析他話裡的意思，可能是太突然了，又或許孫易傑看我的眼神太過清澈，清澈到我怕看到自己在他眼中的樣子，應該很尷尬很困窘吧。我就像一個滿腹疑問卻又不敢問的膽小鬼，突然只是一個念頭竄過我腦海，如果是承翰的安排，又讓我跟孫易傑走回教室相遇，那麼我應該確定幾件事，才能痛快的走出學校的大門，不留任何的遺憾。

「在我回答你的問題之前，我想先問你一件事……」

「嗯？」

「你是孫小傑嗎？」

他毫不猶豫的帶著困惑回答，「妳是怎麼知道的？」

「從發現你跟我同一天生日之後，我就確定你是孫小傑了。」

「其實我不是故意不跟妳說我就是孫小傑的。」他急於澄清，「而是我怕妳還沒忘記那件事，我很抱歉當時那樣說話傷害了妳……」

面對他坦然的道歉，有一瞬間，我記憶裡十一歲的小允安已經原諒孫小傑了。我感到既欣慰又內疚的說：「其實我也很抱歉當時那樣狠狠咬了你一口。」

孫易傑開朗的說：「沒關係，這樣我才能記住下次不能隨便惹妳生氣。」

「但你還是惹我生氣惹我傷心了……」我想這麼跟他說，卻又在最後關頭改口說：「你現在只要負責讓心妮開心就好。」

他一臉困惑，「妳怎麼知道我跟心妮……」

「這不是你一直在期待的事，不用我幫忙，你還是追到了漂亮甜心蔣心妮，很厲害嘛！」我刻意用明朗輕快的語氣拍著他的肩說。

孫易傑好像沒料到我會這麼反應，他愣了好一會才說：「其實是心妮她很需要我。」

明明有心理準備的，但這句話，還是讓我整個人像觸電一樣，心裡一陣灼痛。

我又拍了他肩膀一下說：「是嗎？那你要好好被她需要，心妮這麼漂亮，要小心上大學有很多男同學追求。」

孫易傑只是微微的笑。

「小傑！」教室外傳來一陣柔聲呼喚。

我跟孫易傑同時回頭，是心妮，我馬上把擱在他肩膀上的手拿開。

心妮神采煥發的走進教室，還跟我熱情的揮了揮手笑，我抱以微笑卻無法像她笑得如此燦爛。

「妳怎麼沒在校門口等我？」

看著心妮不同於前陣子承翰逝世時的委靡不振，現在會笑了，也恢復以往充滿朝氣的模樣。可見孫易傑把心妮照顧得很好，我在想在天上的承翰應該不會吃醋吧！

「我想要把向日葵送給承翰。」心妮看向承翰的桌上，「原來你們都把花送給承翰了。」

「這是一定要的啊！」孫易傑說。

我接著表示，「加心妮那朵，這樣就全齊了。」

「嗯。」心妮大力的朝我點了一下頭，接著給我一個好意外的擁抱，「我們要說珍重再見了，很高興可以認識妳，允安。」

「心妮，妳也要好好保重，還有，要幸福快樂喔！」我看了孫易傑一眼。

孫易傑卻不自在地移開眼神。

「謝謝，允安，妳也是。」

和心妮擁抱完，我看向孫易傑，不知道為什麼心裡還有一丁點的期待，如果這時候他能給我一個擁抱，我絕對絕對會在他耳邊偷偷告訴他，他曾是我的初戀，就像當初他也把我視為初戀一樣。

結果，孫易傑只是跟我說了聲「再見」。

我不自覺重重眨了三下眼睛，有不捨、有難過，還有錯過的無奈。但我還是揚起笑容，跟他輕輕說了聲「再見」。

看著他跟心妮一起走出教室，我告訴自己不要探頭張望，可是，在最後一刻，我還是親眼目送他們並肩離開的背影，直到他們的身影隱沒在轉角。

不會想哭了，我這麼提醒自己。

不久，我環顧教室最後一眼，關上教室的燈，從前門走出教室時，腳邊踢到了一束鮮花。我把花撿起來，是一束粉紅色的玫瑰花。

我四處張望，不曉得是誰落下的畢業禮物，發現裡頭有張小卡片，基於想知道這束花是要給誰的好奇心，我把卡片打開來看，卻在看到內容後，不經意的笑了。

多年後，我完成承翰的遺願，把他的初戀寫進小說裡，裝進牛皮信袋，將承翰未說出口的遺憾，在四年後一併郵寄給心妮。

離開郵局時，我接到怡靚的來電，怡靚在電話裡嚷嚷著要我不要忘了下午的簽書會，記得準時到場，記得穿漂亮點，怡靚在掛上電話前不忘這麼叮嚀著。

我其實有點頭痛，寫書的目的不是為了出鋒頭，而是將感動化作一個紀念，在多年之後不管看了是會哭是會笑都好。這是我接續故事之後，從承翰的字裡行間體認到的事情。

然而，怡靚知道我出書後，巴不得讓全世界都知道她的好姊妹是個會寫小說的才女，甚至瞞著我私下去找系上主任，要求能替我舉辦一個私人的小型簽書會。沒想到系上主任不但一口答應，事後還把我叫去辦公室稱讚鼓勵了一番，又是讓我簽名，又是讓在場的學弟妹替我鼓掌。我當場又羞又窘的不知道該如何是好，每回進到辦公室，看到櫃台前放著我簽名的小說，心裡又不禁想著承翰會不會怪我，把他的初戀給這麼多人知道？

也許，承翰不會怪我，因為我在搭車前往學校的路上不小心睡著了，我夢見樣貌停留在十七歲那年的承翰沒說話，只是對我微笑，我可以那麼想嗎？其實承翰很開心，在另一個世界過得很好，才會在夢裡回來看我這個老朋友。

帶著既來之則安之的心情，還有承翰給我的勇氣，做了一個深呼吸後，帶著滿面笑容進到視聽教室。

裡頭早已座無虛席，原本提醒自己要表現大將之風不要緊張，但看到現場這麼多學弟妹，不緊張才怪。

怡靚坐在台下比畫，要我不要緊張。坐在怡靚身旁好久不見的雅琪則是朝我豎起了兩個大拇指，在好姊妹們的加持下，我突增勇氣，拿起麥克風跟大家介紹我自己，說了一段關於高中時青春的故事，以及這本書代表著一個夢想和一個初戀的悸動，最後還不忘提醒所有的學弟妹，如果喜歡一個人，在沒讓自己遺憾之前，記得先說出來，也提醒所有的學弟妹，如果對方斷然拒絕了自己，要記得跟學姊一樣，哭泣之後很快的堅強起來，期待下一次更值得的戀愛。

這番話意外博得了全場的掌聲，怡靚和雅琪臉上有著無限感動，連我自己都覺得很感動。這場演講雖然不夠完美也算不上是專業，但絕對會是我人生最最難忘的一個回憶。而當時我在想，如果孫易傑也在場的話，他就會發現我還喜歡他，可惜也只是如果而已。

告別心中隱隱的失落，我打起精神愉快的替學弟妹簽書，甚至像個大明星一樣和他們開心的拍照留影。

最後，在離開演講廳時，有一個學弟害羞的遞上一束鮮花給我。怡靚跟雅琪馬上取笑我，說搞不好下一個更值得的戀愛來臨了，我馬上要她們別亂講話，還是陪我吃頓飯最實在。結果這兩個小妮子，居然都說跟男朋友有約了，而且男朋友已經在校外等待，草草的跟我約下次聚餐便重色輕友去了。

最後又剩下我一個人。看著手上這束粉紅玫瑰花，還好有這束鮮花，讓我看起來不至於太過孤單。

也就是在這時，我發現裡頭有一張小卡片。困惑之餘打開了看，瞥見裡頭什麼字也沒有，只有一個愛心微笑，我愣了好一會，想起四年前離開教室的當天，我在地上撿了一束同樣的花還有同樣的卡片，是有這種巧合嗎？

突然，有人把手搭在我的背上。我嚇了好大一跳，回過頭，我不知道該怎麼形容內心的激動和驚訝，是孫易傑。

「嗨！恭喜妳出書了。」孫易傑爽朗的說。

「……謝謝，你怎麼會來？」

「我看妳好像有很多疑問，要不要找個地方坐坐？」

我帶著他來到學生餐廳。

「你怎麼會來我們學校？」

「陳怡靚告訴我的，說系上幫妳舉辦了一個簽書會。」

「原來如此。」這就是孫易傑出現在這裡的理由。

「可是我剛剛在你們學校迷路了，趕到的時候，妳已經在替學弟妹簽書了。」

「那你怎麼沒到前面跟我打招呼？」

「因為看到妳那些熱情的學弟妹，覺得應該先把時間留給他們。」孫易傑笑著說。

經過這些年，孫易傑在我面前再次出現，他身上褪去了稚氣與青澀，多了成熟和穩重，但他的笑容一樣沒變，在我眼裡是如此燦爛閃耀。

「是嗎？你好像在我不知道的時候，悄悄的變成熟了。」

「那當然，還有妳更多不知道的事。」

「例如什麼？」我期待從他嘴巴裡聽到他跟心妮的消息，什麼都好，只要讓我知道他過得好不好。

「例如這束花，妳還喜歡嗎？」

「啊？這束花是你送的嗎？」我感到驚訝。

「對啊！難道那個學弟沒跟妳說是我送的嗎？」

我搖搖頭表示，「他沒說。」

孫易傑喃喃自語，「真是的，這小子，真是枉費我還請他飲料喝。」

我被他的表情逗笑了，「為什麼要送我花？」但其實我最想問的是卡片裡那個愛心微笑代表什麼意思。

「因為妳是我很重要的一個朋友。」

我看著孫易傑，不禁笑自己真是想太多，難道我還在期待著什麼？

抹除心酸，我說：「你也是我很重要的一個朋友。」

「沒聯絡的這幾年，妳還好嗎？」他突然問起。

「我很好，那你跟心妮呢？」

「心妮在國外留學，應該快回國了。」

「這麼說來，心妮短期間還收不到我寄給她的小說了。」

「妳也寄給她了？」

「你會這麼問是什麼意思，難道你……」

「沒想到我們這麼有默契，我早在上個月就寄到國外給她了。」

「是嗎？那我們真的很有默契。」

和孫易傑相視而笑之後，我還是忍不住問起，「跟心妮遠距離戀愛，會不會很辛苦？」

突然，孫易傑莫名大笑起來。我感到困惑的問，「怎麼了？」

「她早就名花有主了，是個黃頭髮藍眼睛的外國仔。」

「真的，那你不就……失戀了？」我替他感到難過的說。

「妳是不是還在誤會著一件事？」孫易傑突然莫名其妙的問。

「誤會什麼？」

他直視我的雙眼，鄭重地說：「我從來就沒有跟蔣心妮交往過。」

我感到不可思議，「怎麼會？你當時跟心妮走得那麼近，你還說她很需要你……」

「事實上，承翰的過世讓心妮打擊太大，她一直覺得是自己的錯，最後心理生了病，得了憂鬱症。那時沒跟妳說，是怕妳擔心，而我陪在心妮身邊，是為了代替承翰陪她走出傷痛。」

我感到震驚的摀起嘴，「對不起，這些……這些我都不知道。」

而我居然還這麼誤會孫易傑，想著孫易傑獨自去面對內心病了的心妮，因為怕我擔心，默默承擔這一切，我就覺得對孫易傑好抱歉。

「這些妳都不知道沒關係，但是，我不是跟妳說過很多事情本來就要靠自己去發現嗎？可是這麼久了，妳始終沒有發現一件事……」

「……你講這句話到底是想要表達什麼？我都快被你搞糊塗了！」

讓我摸不著頭緒的孫易傑此時從後背包裡拿出我的著作，「我再慢慢跟妳說，不過在那之前先幫我簽個名，我真的真的等太久了。」

我滿腹疑惑的迅速在書本第一頁落下我的簽名。

「好了，你現在可以說了吧？」

「我要說的話都在書裡的最後一頁。」

「什麼啊！神祕兮兮的？」

我翻開書本的最後一頁。

上頭字跡清晰地寫著……

還是初戀，那妳呢？

在轉瞬之間，我忽然意識到這世上大概沒有任何言語能形容這樣的感動和驚喜，我抬起臉看向孫易傑，不知道有沒有激動的紅了眼眶。

「我也是。」我最後感動的說。

終於說出多年前沒說出口的遺憾。

而我們的初戀，未完待續……

【全文完】

〔後記〕

最美的初戀

一直覺得世上最美的事是初戀，不管是曾經在一起也好，從未在一起也罷，人生中第一次感到怦然心動與黯然心痛的感受，我想那是一輩子也忘不了的記憶。

我也深信在這個世界上，有那麼一個視你為初戀的人，是你所不知道的。或許就像故事中的游允安和孫易傑，因為膽怯無法坦白告訴對方心意，同時卻一直深刻地把對方放在心底。高中的相遇，又燃起當初喜歡的那份感覺，最後又因為一些原因使然，兩人耽擱了好久，才繼續這樣的初戀。

我在想，游允安和孫易傑勇敢的向對方訴說心意後，肯定會很珍惜這樣得來不易的感情，恰如人生路上總有些不順遂，不論是傷心的事或煩惱的事，但只要我們保持著一顆單純且勇敢的心，好事一定會發生。

而愛情發生之前，我們必須得更愛自己且珍惜身邊的人，初戀除了是世上最美的事，也是最珍貴的成長經歷。

獻給所有正在初戀，曾經初戀的你和我。

溫暖38度C

國家圖書館出版品預行編目資料

初戀，未完待續／溫暖38度C 著. -- 初版. -- 臺北市：商周出
版：家庭傳媒城邦分公司發行, 民104.08
面； 公分. --（網路小說；249）
ISBN 978-986-272-861-1（平裝）
857.7 104014138

初戀，未完待續

作　　者／溫暖38度C
企畫選書人／楊如玉、陳思帆
責任編輯／陳思帆

版　　權／翁靜如
行銷業務／李衍逸、黃崇華
總 編 輯／楊如玉
總 經 理／彭之琬
發 行 人／何飛鵬
法律顧問／台英國際商務法律事務所　羅明通律師
出　　版／商周出版
城邦文化事業股份有限公司
台北市民生東路二段 141 號 9 樓
電話：(02) 25007008　傳真：(02) 25007759
Blog：http://bwp25007008.pixnet.net/blog
E-mail：bwp.service@cite.com.tw
發　　行／英屬蓋曼群島商家庭傳媒股份有限公司城邦分公司
台北市民生東路二段 141 號 2 樓
書虫客服服務專線：(02) 25007718、(02) 25007719
服務時間：週一至週五上午09:30-12:00；下午13:30-17:00
24 小時傳真專線：(02) 25001990、(02) 25001991
劃撥帳號：19863813；戶名：書虫股份有限公司
讀者服務信箱：service@readingclub.com.tw
城邦讀書花園：www.cite.com.tw
香港發行所／城邦（香港）出版集團有限公司
香港灣仔駱克道193號東超商業中心1樓
E-mail：hkcite@biznetvigator.com
電話：(852)25086231　傳真：(852) 25789337
馬新發行所／城邦（馬新）出版集團【Cité (M) Sdn. Bhd.】
41, Jalan Radin Anum, Bandar Baru Sri Petaling,
57000 Kuala Lumpur, Malaysia.
Tel: (603) 90578822　Fax:(603) 90576622
email:cite@cite.com.my

封面設計／黃聖文
排　　版／新鑫電腦排版工作室
印　　刷／高典印刷有限公司
總 經 銷／高見文化行銷股份有限公司
電話：(02) 26689005　傳真：(02) 26689790
客服專線：0800-055-365

■ 2015 年（民104）8 月 6 日初版
定價200元

Printed in Taiwan
城邦讀書花園 www.cite.com.tw

　ISBN　978-986-272-861-1

商周出版

廣　告　回　函
北區郵政管理登記證
台北廣字第000791號
郵資已付，免貼郵票

104台北市民生東路二段141號2樓

英屬蓋曼群島商家庭傳媒股份有限公司　城邦分公司

請沿虛線對摺，謝謝！

商周出版

書號：BX4249　**書名：**初戀，未完待續　**編碼：**

請於此處用膠水黏貼

商周出版

讀者回函卡

感謝您購買我們出版的書籍！請費心填寫此回函卡，我們將不定期寄上城邦集團最新的出版訊息。

不定期好禮相贈！
立即加入：商周出版
Facebook 粉絲團

姓名：＿＿＿＿＿＿＿＿＿＿ 性別：□男 □女

生日：西元＿＿＿＿年＿＿＿＿月＿＿＿＿日

地址：＿＿＿＿＿＿＿＿＿＿

聯絡電話：＿＿＿＿＿＿＿＿ 傳真：＿＿＿＿＿＿＿＿

E-mail：

學歷：□ 1. 小學 □ 2. 國中 □ 3. 高中 □ 4. 大學 □ 5. 研究所以上

職業：□ 1. 學生 □ 2. 軍公教 □ 3. 服務 □ 4. 金融 □ 5. 製造 □ 6. 資訊

□ 7. 傳播 □ 8. 自由業 □ 9. 農漁牧 □ 10. 家管 □ 11. 退休

□ 12. 其他＿＿＿＿＿＿＿＿

您從何種方式得知本書消息？

□ 1. 書店 □ 2. 網路 □ 3. 報紙 □ 4. 雜誌 □ 5. 廣播 □ 6. 電視

□ 7. 親友推薦 □ 8. 其他＿＿＿＿＿＿＿＿

您通常以何種方式購書？

□ 1. 書店 □ 2. 網路 □ 3. 傳真訂購 □ 4. 郵局劃撥 □ 5. 其他＿＿＿＿

您喜歡閱讀那些類別的書籍？

□ 1. 財經商業 □ 2. 自然科學 □ 3. 歷史 □ 4. 法律 □ 5. 文學

□ 6. 休閒旅遊 □ 7. 小說 □ 8. 人物傳記 □ 9. 生活、勵志 □ 10. 其他

對我們的建議：＿＿＿＿＿＿＿＿＿＿

＿＿＿＿＿＿＿＿＿＿

＿＿＿＿＿＿＿＿＿＿

請於此處用膠水黏貼